Todo lo que era sólido

Seix Barral Biblioteca Breve

Antonio Muñoz Molina

Todo lo que era sólido

Seix Barral, un sello editorial de Editorial Planeta, S. A.
Avda. Diagonal, 662-664 - 08034 Barcelona
www.seix-barral.es
www.planetadelibros.es

Diseño original de la colección: Josep Bagà Associats

Primera edición: febrero de 2013
Segunda impresión: marzo de 2013
Tercera impresión: junio de 2013
Cuarta impresión: junio de 2013
Quinta impresión: agosto de 2013
Sexta impresión: octubre de 2013
Séptima impresión: noviembre de 2013
Octava impresión: diciembre de 2013
Novena impresión: enero de 2014
Décima impresión: marzo de 2014
Undécima impresión: marzo de 2014
Duodécima impresión: mayo de 2014
Decimotercera impresión: enero de 2015
Decimocuarta impresión: junio de 2015
Decimoquinta impresión: septiembre de 2015
Decimosexta impresión: noviembre de 2015
ISBN: 978-84-322-1544-5
Déposito legal: B. 437 - 2013
Composición: Servicios editoriales A. Parras
Impresión y encuadernación: Book Print Digital, S. A.
Printed in Spain - Impreso en España

It is extraordinary how we go through life with eyes half shut, with dull ears, with dormant thoughts.

Joseph Conrad, *Lord Jim*

Es extraordinario cómo pasamos por la vida con los ojos entrecerrados, los oídos entorpecidos, los pensamientos aletargados.

Joseph Conrad, *Lord Jim*
(Traducción de Alejandro Pareja Rodríguez.)

1

Qué lejos se nos queda ya el pasado de hace sólo unos años. En algún momento cruzamos sin advertirlo la frontera hacia este tiempo de ahora y cuando nos dimos cuenta y quisimos mirar atrás para comprobar en qué punto había sucedido el tránsito nos pareció asombroso habernos alejado tanto. Era cuando creíamos vivir en un país próspero y en un mundo estable imaginábamos que el futuro se parecería al presente y las cosas seguirían mejorando de manera gradual, o si acaso progresarían algo más despacio. Algunos expertos vaticinaban tranquilizadoramente una «gradual desaceleración de la economía», un «aterrizaje suave». Poco a poco se iría amortiguando el ritmo de la construcción y dejarían de subir tan rápido los precios de las viviendas. El lenguaje de los economistas, que se ven a sí mismos como científicos, consistía en la reiteración de unas cuantas metáforas simples: la desaceleración de un vehículo que ha avanzado a gran velocidad durante mucho tiempo; el aterrizaje confortable de un avión.

Ésas eran las metáforas respetables. La que había que usar con más cuidado era la metáfora de la burbuja: hablar de la burbuja inmobiliaria equivalía a reconocer una fragilidad incompatible con la obligatoria complacencia. Una burbuja asciende en el aire y se hincha y en un momento ha estallado. En el idioma propio de ese tiempo que ya no existe la metáfora de la burbuja se usaba sobre todo para ser refutada. *No* había una burbuja inmobiliaria. Quizás en otros países, no en el nuestro. Un economista muy célebre y muy respetado escribió en enero de 2007 que en todo caso la burbuja, si existiera, se pincharía gradualmente. Si hubiéramos prestado algo más de atención a lo que sucedía y a lo que decíamos y lo que escuchábamos alguien habría apuntado que las metáforas pueden requerir la misma precisión que las ecuaciones, y que no hay manera de que se pinche gradualmente una burbuja.

Pero necesitábamos imaginar que las cosas eran sólidas y podían ser tocadas y abarcadas sin desaparecer entre las manos, y que pisábamos la tierra firme y no una superficie más delgada que una lámina de hielo, que el suelo no iba a desaparecer debajo de nuestros pies.

2

Escribo en pasado y en plural, pero quizás no debería. Es en el ahora mismo cuando suceden las cosas y es uno mismo y no otro quien las experimenta. Y la primera persona del plural es muy conflictiva en España. El nuestro es un nosotros fraccionado que nunca abarca la extensión completa de la ciudadanía legal y que suele definirse a golpes de tajante negación. Si hay algo que puedo recordar con claridad de ese ayer que se quedó tan lejos es la escalada en la vehemencia y en la multiplicación de los diferentes nosotros, en cada caso acompañada por la hostilidad hacia unos *otros* o *ellos* a los que se definía cada vez más torvamente.

Se nos olvida ahora hasta qué punto esos años de prosperidad fueron también de una aspereza civil y una violencia verbal que arreciaban más a medida que había más dinero y que mejoraban como nunca los índices del bienestar y las perspectivas económicas. Cuanto más ricos parecía que éramos, más irreconciliables se volvían las diferencias políticas, con mayor saña se agredía y se descalificaba al adversario, y por lo tanto enemigo. Ahora que nos falta todo es raro pensar que en medio de la abundancia arreciara aquel clima de saña.

Ni siquiera éramos capaces de encontrar el grado mínimo de concordia necesario para honrar a las víctimas del terrorismo, para dejar al menos sus muertes y el dolor de los suyos al margen de la sucia pelea civil. Insultos que en épocas menos broncas se decían en privado ahora regresaban al vocabulario cotidiano de la diatriba política: los rojos, los fascistas, los rojillos, los fachas; herir al otro y negarle el derecho a la razón y a la buena fe y no debatir con él era el impulso principal de la mayor parte de los comentarios. El presidente que gobernó en la última época de este pasado ya remoto, él mismo tan desdibujado al cabo de unos pocos meses, se definió públicamente como «un rojo». Con desenvoltura equivalente sus adversarios políticos vindicaban la dictadura de Franco o la suavizaban y argumentaban la legitimidad de la sublevación militar de 1936 contra la República.

3

En un país casi siempre amnésico los fragmentos del ayer lejano regresaban como armas arrojadizas. El asesinato de García Lorca o el de Pedro Muñoz Seca, la matanza de Paracuellos o la de Guernica, la sublevación derechista de 1936 o la izquierdista de 1934. Agrias disputas políticas se organizaban en torno a la corrección legal de hechos irreversibles sucedidos en el pasado lejano: declarar nulo el consejo de guerra contra Miguel Hernández, que lleva muerto desde 1942, restituir o no a Miguel de Unamuno en su puesto de rector de la Universidad de Salamanca o de concejal de la ciudad. Que los unos pusieran tanto empeño en corregir lo irreversible tenía algo de gratuita fantasmagoría: que los otros se opusieran con tanta virulencia era un síntoma delator de sórdidas afinidades que por simple pudor o por astucia política habrían debido ser inconfesables. Las secciones de necrológicas de los periódicos se llenaban no con los muertos recientes sino con las esquelas de los asesinados en 1936, cada periódico a cada lado de la nueva trinchera vindicando a los suyos. Nunca tanta gente había vivido mejor, nunca había habido tanto trabajo, pocos países del mundo gozaban de una sanidad universal de tanta calidad o tenía mayor esperanza de vida: pero nunca había sido más violento el lenguaje político, más áspera la superficie de la vida civil.

Nunca fueron más favorables las noticias económicas: y sin embargo leer los periódicos o escuchar la radio podía helarle a uno la sangre en las venas. A quien llegaba de fuera le afectaba más por falta de costumbre. La derecha y sus portavoces voluntarios o asalariados aseguraban que el gobierno socialista manipulaba a los jueces y a la policía y utilizaba a los servicios secretos para atribuir los atentados del 11 de marzo de 2004 a una célula islamista y proteger a los verdaderos autores, los terroristas de ETA, aliados con los socialistas en una conspiración para robar las elecciones a sus ganadores legítimos; para la izquierda, en el Partido Popular estaban agazapados los mismos que habían matado en 1936 a Federico García Lorca. El ex presidente Aznar comparaba acusadoramente la actitud de Rodríguez Zapatero hacia los terroristas vascos nada menos que con la capitulación de Chamberlain ante Hitler.

No había límite en lo que podía escucharse en una emisora de radio, en un mitin político. El adversario no sólo era corrupto e indigno: conspiraba con terroristas, les hacía el juego, tenía las manos manchadas de sangre, la sangre de los muertos en la guerra de Irak o la de los fusilados en Paracuellos del Jarama, la sangre de Lorca, la de los fetos abortados.

4

Algo que cuesta recordar de ese pasado de hace tan poco tiempo es la obsesión que había en él por el pasado. Ahora nos damos cuenta de que había una especie de velo que impedía ver la realidad inmediata y presente, pero quizás eso sea propio de cualquier época en la que se vive en el interior de una burbuja económica. El dinero que llega no se sabe de dónde y se multiplica sin aparente esfuerzo y está disponible para ser gastado sin límite y por más que se gaste nunca se acaba, produce el efecto euforizante de la cocaína; como el oro y la plata llegando sin tasa de las Indias en el siglo XVII. No parecía un espejismo: España crecía más rápido que ningún otro país europeo, aseguraban los organismos financieros internacionales. Las mismas agencias de calificación que ahora reducen nuestra deuda a una categoría de basura le diagnosticaban entonces una perfecta solidez. España era El Dorado en Europa.

Con una economía especulativa se corresponde sin remedio una conciencia delirante. Lo peculiar del delirio español era su fijación en el pasado: no en la historia real, casi siempre poco alentadora, ni en el pasado más próximo, sino en el ayer legendario de la II República y de la Guerra Civil. Ahora sabemos que 2006 fue el año en que llegó a su punto más alto la marea de una prosperidad que se sostenía sobre la pura nada, sobre el crédito barato y la corrupción política y la construcción de viviendas. Pero mientras eso ocurría y nadie con responsabilidad quería o sabía poner freno a aquella alucinación, lo que ocupaba los periódicos y los debates públicos era sobre todo la conmemoración del 75 aniversario de la proclamación de la República y la del 70 aniversario del comienzo de la Guerra Civil.

Lo más difícil de recordar de 2006 es hasta qué punto se quiso que fuera 1931 y 1936. Obsesionados con la exhumación de fosas comunes no reparábamos en el fragor de las excavadoras que abrían por todas partes zanjas para construir chalets y bloques de viviendas sobre terrenos rústicos recalificados por alcaldes ladrones, sobre humedales y zonas protegidas de bosque y en los parajes litorales hasta entonces vírgenes y en cualquier superficie en la que se pudieran cavar unos cimientos.

El presente se disolvía en las escenificaciones del pasado. Y el pasado era una quimera o una suma de quimeras que se usaban como conjuros para desacreditar desde tribunas enconadas los fundamentos de la realidad tangible que no se querían ver, el propio sistema del que hasta sus más furiosos detractores disfrutaban. En nombre de la República más soñada que recordada de 1931 se menospreciaba la democracia que en 2006 llevaba durando casi treinta años. En un país desarrollado y en paz del primer mundo políticos y literatos alimentaban la nostalgia de la España pobre y convulsa que se desangró y se destruyó a sí misma durante tres años de guerra civil. Ciudadanos acostumbrados a todos los privilegios de la paz civil y del desarrollo económico manifestaban una virulenta añoranza por el heroísmo en blanco y negro de aquella guerra simplificada hasta el extremo halagador de un catecismo político o de un tebeo de aventuras. La guerra no despertaba la pesadumbre del luto sino la euforia de la épica.

Ese ayer de hace sólo unos años que ya es posible añorar fue en sí mismo un tiempo contaminado de su propia forma peculiar de nostalgia. Una sensibilidad postmoderna educada en la negligencia hacia los matices entre lo real y lo inventado favorecía la confusión entre memoria histórica y novela histórica. La idealización de la II República y sobre todo del bando republicano en la guerra se correspondía con una amplia ignorancia sobre los hechos comprobados. Identificarse con los sufrimientos o las heroicidades de antepasados lejanos depara una confortable emoción épica y una superioridad moral limpias de todo inconveniente: la legitimidad de la víctima sin haber sufrido, la exaltación hormonal del coraje sin haber corrido ningún peligro. En el 1936 virtual de 2006, mientras en el mundo real se aceleraba el delirio del dinero alentado por una rapacidad y una codicia libres de límites legales, mientras la bolsa española era la más rentable de Europa, mientras en España se vendían más coches de lujo que nunca, la izquierda ganaba retrospectivamente la Guerra Civil y la derecha perdía los escrúpulos y la vergüenza en su apología del régimen de Franco, en su negativa a reconocer su crueldad y sus crímenes, en la sumisión a una iglesia católica volcada igual de impúdicamente hacia el integrismo.

El presente era una niebla de palabras arcaicas, himnos viejos y banderas obsoletas, un guirigay de trifulcas políticas. No parecía que hubiera nada que valiera la pena conservar, y menos aún defender. La democracia era poco más que una concesión de los herederos del franquismo enquistados en ella. La Constitución se había redactado con el fin exclusivo de seguir sometiendo a las nacionalidades oprimidas. Ahora que de un día a otro todo lo que dábamos por supuesto y nos permitíamos desdeñar puede que esté a punto de perderse quizás nos falta poco para sentir nostalgia de un tiempo que casi nadie supo apreciar mientras lo vivía. Eso es lo único en lo que la democracia de 1978 se parece de verdad a la de 1931: ninguna de las dos contó con la lealtad verdadera de las fuerzas políticas que le debían su existencia y que hubieran debido sostenerlas. Como la República de Weimar, la República española, una vez derrotada, alimentó nostalgias en los mismos que por no haberla amado ni defendido facilitaron su caída.

En 2006, las noticias más urgentes eran casi siempre

acerca del pasado. Excavaciones de fosas de ejecutados e indagaciones judiciales sobre verdugos muertos treinta o cuarenta años atrás ocupaban aquella extraña actualidad en la que el presente casi no existía sino como reiteración fantasmal de las confrontaciones sanguinarias de hacía tres cuartos de siglo. Ahora nos da miedo abrir el periódico o esperar la hora del telediario porque no sabemos si nos informarán de que ya no existe lo que creíamos perdurable, de que los billetes que guardamos en la cartera se han quedado sin valor o nuestro puesto de trabajo o nuestros ahorros los ha barrido un viento de desastre, de que iremos a un servicio de urgencias y no habrá un médico que nos atienda. Ahora el porvenir de dentro de unos días o semanas es una incógnita llena de amenazas y el pasado es un lujo que ya no podemos permitirnos.

5

Todo lo que era sólido se desvanece en el aire. Lo que recordamos es como si no hubiera existido. Lo que ahora nos parece retrospectivamente tan claro era invisible mientras sucedía. En Nueva York, entre 2004 y 2006, cada mañana laboral, yo salía del metro en una estación de la Calle 50 Oeste y lo primero que veía era un edificio de acero y cristal que gracias a algún artificio tecnológico tenía toda la fachada convertida en una pantalla. Se veían cifras de cotizaciones financieras, se veían oleajes que rompían contra playas agrestes y paisajes vertiginosos del Gran Cañón o de las praderas del Oeste o los arrecifes de coral. Se veía aparecer y desaparecer y agigantarse hasta cubrir varios pisos el letrero de la firma bancaria Lehman Brothers. En la grisura de las mañanas laborales de invierno aquellas imágenes de vana exaltación publicitaria resaltaban sobre las aceras sucias y las cabezas bajas de la gente que acudía a las oficinas o barría la calle o pedía limosna o repartía en bicicleta comidas baratas.

Un día de 2008 salí del metro y la gran pantalla móvil que ocupaba el edificio entero se había apagado y las hileras de ventanas tenían la opacidad de los lugares que llevan abandonados mucho tiempo. De un día para otro uno de los bancos de inversiones más poderosos del mundo había dejado de existir. Lo que había valido mucho de pronto no valía nada. Y quienes había parecido que poseían un conocimiento tan profundo de la realidad que les permitía formular predicciones con la certidumbre tranquila de los antiguos augures resultaba que no sabían nada, que no habían anticipado el desastre y ahora no tenían idea de cómo remediarlo.

6

En 2006 conocí en Nueva York a un constructor enriquecido en España en el curso de unos pocos años e impaciente por hacer negocios en Estados Unidos. Era pequeño, inquieto, joven todavía, con un traje a medida muy ceñido, con el pelo negro rizado y engominado, uno de esos hombres de mucho nervio y poca estatura que se hinchan al hablar. Poseía una gran inmobiliaria y había creado una fundación cultural y comprado en

Madrid por 24 millones de euros un palacio de la Castellana para instalar en él su sede. Me contaron que el día de la inauguración, delante de centenares de invitados, chicas medio desnudas habían aparecido cargando con cajas en forma de cofres del tesoro que al abrirse resultaban estar llenas de naranjas. Naranjas de la Valencia natal del constructor inundaban los suelos de mármol y caían en cascada por las escaleras y globos en forma de naranjas flotaban hacia los techos y se perdían en el cielo iluminado por reflectores cuando los soltaban en racimos por el jardín. El constructor era de esos hombres que dejan ver los gemelos de oro en los puños muy salientes de la camisa y un gran reloj de oro en la muñeca. Hablaba en frases cortas y de vez en cuando apartaba la mirada del interlocutor para inspeccionar velozmente al público de la sala donde nos encontrábamos.

—Hemos terminado una promoción de mil chalets en Alicante. Mil chalets, a un millón limpio de beneficio cada uno, mil millones.

Consultaba su reloj de oro y cada pocos segundos miraba de soslayo la pantalla del BlackBerry. Ganar dinero era tan fácil como esas multiplicaciones que consisten en añadir ceros. Al sacar la mano derecha del bolsillo para mirar el teléfono mostraba una esclava de oro. Tan sólo en los últimos meses su empresa se había revalorizado un 456 %. En aquel momento tenía un valor en bolsa de 5.100 millones de euros. Dijo que planeaba desembarcar en Nueva York construyendo un rascacielos emblemático. Por lo pronto su fundación ya había instalado las oficinas en las torres Time Warner. Quería construir rascacielos emblemáticos en Nueva York, en San Francisco, en Shanghái, en Hong Kong, en Singapur. Su fundación ya tenía sedes en cada una de esas ciudades. La palabra *emblemático* era una de sus preferidas. La exhibía igual que el número de sus chalets recién construidos o que su reloj o su pulsera, o el traje a medida que empaquetaba su pequeña figura como un objeto de lujo, la chaqueta tensándose en el pecho y en los hombros cuando tomaba aire y se erguía para ser más alto. Miraba con ojeadas cortas, con la mezcla de astucia, distracción y tedio que he advertido casi siempre que he estado cerca de alguien con mucho poder o con muchísimo dinero. Están y no están. Estrechan la mano y apartan rápido la mirada por temor a perderse a alguien más importante. Parece que tienen una idea mucho más aguda y certera de la realidad que nosotros y a la vez que están completamente fuera de ella, enajenados en la niebla de su propio éxito y de su egolatría.

En septiembre el magnate valenciano presentó su fundación en Nueva York sirviendo en Central Park una paella para veinte mil personas. No en vano la paella era el plato emblemático de Valencia. En la gran memoria indiferente de Internet he encontrado los datos. Hasta el agua se la hizo traer en barco de allí, 4.143 litros de agua valenciana para que le diera a la paella su sabor incomparable; 247 litros de aceite de oliva virgen; 1.520 kilos de arroz; 1.000 kilos de judías; 70 kilos de sal; 5,4 de pimentón. Por culpa de las restricciones sanitarias americanas, los 5.000 kilos de pollo tuvieron que ser comprados en Nueva York. Pero cincuenta cocineros vinieron de Valencia, y con ellos veinticinco músicos que tocaron aires de la tierra con instrumentos tradicionales mientras camareros con traje de huertano y camareras vestidas de falleras servían los platos y atendían a los millares de invitados.

En marzo de 2007, la inmobiliaria anunciaba ganancias de 93 millones de euros y aquel hombre nervioso y menudo al que yo había mirado con un íntimo sarcasmo de literato porque repetía tanto la palabra *emblemático* estaba según la revista *Forbes* entre los más ricos del mundo. En abril de 2007 el valor en bolsa de esa misma inmobiliaria cayó un 43 % y su dueño perdió de golpe 1.300 millones de euros de su fortuna personal. En seis semanas la caída era del 76 %. Al final del año la compañía no valía prácticamente nada y el joven magnate había vendido su palacio de Madrid y estaba viviendo en Brasil.

7

El dinero amedrenta y hechiza, aturde con su monstruosa capacidad de multiplicación. El dinero levanta construcciones tan simbólicas y tan destinadas a amedrentar a los débiles y a los crédulos y los ignorantes como los zigurats mesopotámicos o los vestíbulos de altas columnas macizas de los templos egipcios. El dinero parece lo más irrefutable y tiene el poder de comprarlo todo y trastornarlo todo y de pronto se evapora y ya es como si no hubiera existido.

Por los mismos tiempos en los que conocí al magnate valenciano de la construcción tuve cierto trato con un ejecutivo de la banca Merrill Lynch. Parte de mi trabajo era entonces buscar patrocinios privados para la actividad cultural del Instituto Cervantes en Nueva York. El hombre de Merrill Lynch parecía una oportunidad prometedora. Era chileno, y muy católico. Llevaba una pequeña insignia religiosa en la solapa. Hasta hacía poco había dirigido las finanzas del Vaticano. Ahora gestionaba el área de crecimiento más rápido en Merrill Lynch, la de inversores hispanos con intereses en Estados Unidos. Cuando alguien ocupa un puesto tan alto, de manera inmediata irradia un aire de solidez y de sabiduría profunda, como de omnisciencia. A diferencia del constructor español, este hombre se complacía en una cierta lentitud, propia de quien lleva sobre los hombros responsabilidades muy graves y ha tratado con cardenales y pontífices. No era alto tampoco, pero sí carnoso, sólido, con un anillo simple de casado, con las uñas lacadas de manicura. A diferencia del constructor valenciano, su físico no estaba sometido a tensiones expansivas. Además de la pequeña insignia en la solapa a veces también llevaba en las corbatas motivos religiosos: pequeñas cruces, conchas de peregrino. Su división bancaria financiaba una gran feria de arte latino en Miami, tan importante ya como la de Basilea. Quizás se podría hacer algo parecido en Nueva York, en Madrid.

Me invitó un día a comer en la sede de Merrill Lynch, en el Bajo Manhattan. La función de una torre moderna de cristal es tan primitiva como la de un templo asirio: conceder sensación de poderío a quien mira desde ella, un poderío mayor cuanto más alto esté; reducir de antemano a la insignificancia y al arrobo al que se acerca a sus puertas. Da igual que las puertas sean de bronce o de cristal tintado que se abre con automatismo silencioso, que estén custodiadas por guardias de seguridad con gafas oscuras y transmisores en el oído o por leones alados o toros con cabeza de hombre. Entré en el vestíbulo de mármoles resonantes del rascacielos de Merrill Lynch y según me aproximaba al bloque de mármol pulido y alzado como un altar detrás del cual sonreían las recepcionistas era más consciente de mis insuficiencias: la corbata que se había aflojado en la caminata desde el metro, uno de los puños de la camisa que sobresalía demasiado, los zapatos negros usados y poco limpios. Los picos del cuello de la camisa tenían propensión a levantarse por encima de la solapa. En los espacios resonantes del vestíbulo de Merrill Lynch taconeaban zapatos charolados de hombre y de mujer con brillos idénticos, o zapatos de piel cosidos a mano y no castigados ni por el uso excesivo ni por la intemperie. Hombres jóvenes y mujeres jóvenes iban de un lado a otro vestidos con una lujosa austeridad que tenía algo de litúrgica, como si estuvieran al servicio de un culto exclusivo. Con discretas llamadas telefónicas las recepcionistas habían comprobado en voz baja mi nombre. Una de ellas me dedicó una sonrisa clínica al hacerme entrega de una tarjeta de identificación. Otra me indicó que la siguiera y me guió a través del vestíbulo hasta la batería de ascensores caminando sobre unos tacones muy altos. Todas llevaban trajes de chaqueta de colores terrosos y corte severo.

El ascensor subió al piso más alto en unos instantes silenciosos. Cuando se abrió la puerta habíamos llegado a una planta en la que la sensación de recogimiento y quietud era todavía más acentuada. Después de la velocidad de la ascensión sentía algo de mareo y el suelo se movía ligeramente bajo mis pies. La claridad azulada y gris del día nublado entraba por los muros de cristal.

Había pocas personas deambulando por los corredores, los pasos apagados por las alfombras. Por la puerta abierta de algún despacho se perfilaban figuras inmóviles frente a pantallas de computadoras, junto a largas mesas despejadas, limpias de papeles o de cualquier indicio de desorden, perfiladas contra muros de cristal. El dinero era un flujo invisible, que uno intuía a su alrededor aunque no pudiera ver ni tocar, como una tenue vibración en el aire, las pulsaciones instantáneas de las órdenes de compra y venta en las pantallas lisas de las computadoras, el parpadeo de largas series de números manejados por inteligencias muy superiores a la mía.

Mi guía me dejó solo por fin en una sala que tenía en el centro una mesa de mármol y una silla enfrente de otra. Eran sillas de tubos de acero y cuero negro. Al otro lado de la pared de cristal estaba, en primer término, el socavón inmenso con las grúas y las maquinarias que empezaban a construir los nuevos edificios de la Zona Cero; y más allá el panorama despejado de la bahía de Nueva York, la desembocadura del Hudson, el bronce verdoso de la estatua de la Libertad, los torreones de Ellis Island, el telón de bruma del Atlántico en el horizonte, la muralla monótona de rascacielos de Jersey City. Muy abajo, fijándose mucho, en las calles más estrechas aún por la lejanía, se veían las diminutas figuras humanas, los taxis como taxis de juguete, los camiones rojos de los bomberos, silenciosos a aquella distancia a pesar de las luces giratorias encendidas.

Mi anfitrión, cuando entró, me señalaba los detalles del panorama con una magnanimidad pedagógica. Camareros con chaquetillas negras abotonadas hasta el cuello nos sirvieron el almuerzo, en platos casi planos de láminas de pizarra. A partir de un cierto nivel el dinero parece exigir un ascetismo maoísta en el vestuario del personal subalterno. Consciente de cometer una debilidad tal vez censurable yo tomé una copa de vino. En los almuerzos de trabajo americanos lo más común es beber agua.

De la conversación sólo recuerdo un tono de vaguedad untuosa que abría amplias perspectivas y no conducía a ninguna parte. El directivo de Merrill Lynch al mismo tiempo desplegaba ante mí la evidencia de su poder hablando de millones de dólares y eludía un compromiso que no le habría costado más que unas decenas de miles, calderilla para aquella maquinaria de hacer dinero que ocupaba entero un edificio de ochenta plantas y tenía sedes y ramificaciones en todo el mundo. Imagino que yo me esforzaría en que no sobresalieran demasiado los puños de mi camisa y en parecer una persona cultivada, a la altura de la invitación que había recibido. Como me sucede con frecuencia en ese tipo de situaciones tenía muchas ganas de orinar y no me atrevía a levantarme o a preguntar con naturalidad dónde estaba el baño. Mi anfitrión me miraba desde el otro lado de la mesa con una benevolencia episcopal. Para mí había, en su presencia y en sus palabras, en sus explicaciones nebulosas sobre los flujos económicos, una sugestión de omnisciencia alimentada a la vez por su solemnidad y por mi desconocimiento, por mi complejo de inferioridad de literato, el fondo como de fascinación acobardada por esas personas que a diferencia de uno sí entienden cómo funciona de verdad el mundo.

No saqué nada en limpio de aquel almuerzo. Al poco tiempo Merrill Lynch se había hundido, igual que Lehman Brothers, y entre las dos habían estado a punto de arrastrar en su hundimiento la economía entera del planeta.

8

No eran expertos en economía sino en brujería. Les hemos creído no porque comprendiéramos lo que nos decían sino porque no lo comprendíamos, y porque la oscuridad de sus augurios y la seriedad sacerdotal con que los enunciaban nos sumían en una especie de aterrada reverencia. De toda aquella casta de adivinos y augures investidos de infalibilidad científica por nuestra ignorancia, el sumo sacerdote era Alan Greenspan, que se jubiló en enero de 2006 como presidente de la Reserva Federal rodeado por una aclamación unánime. Ahora sabemos que eran los días de marea más alta en la edad del delirio —cuando yo salía del metro y veía el edificio de Lehman Brothers como una gran pantalla en la que se sucedían imágenes digitales de atardeceres y de playas con rompientes coronados de espuma, cuando me citaban constructores valencianos y teólogos de las finanzas, cuando la única condición que parecía imprescindible para que no cesara nunca la prosperidad era que los gobiernos renunciaran a regular los mercados financieros, privatizaran uno por uno todos los servicios públicos—. Alan Greenspan era el sumo sacerdote de aquella ortodoxia: con sus ojos pequeños y vivos tras los cristales de aumento de unas gafas de montura anticuada, con su leyenda de sabiduría mantenida durante casi veinte años y a lo largo de cuatro presidencias distintas; con sus trajes oscuros y su expresión seria, la mirada inteligente perdida en el vacío, oteando un porvenir tan próspero como el presente. Las palabras que usamos dicen más que nosotros. Le llamaban el gurú, *the wizard*, el brujo. Unos años antes el periodista Bob Woodward había escrito un libro adulatorio sobre él y lo había titulado *Maestro*: como si fuera un gran director de orquesta, un Karajan o un Furtwängler de la economía, alguien muy por encima de las falibles inteligencias comunes. Movía litúrgicamente su manos pecosas de hombre viejo, como un maestro cargado de sabiduría que no necesita la batuta y que parece extraer la música del aire, no del esfuerzo disciplinado de los miembros de la orquesta que se afanan a sus pies: Alan Greenspan, que había tocado el clarinete cuando era joven junto a Stan Getz, que propugnaba la privatización de la seguridad social americana, que había pertenecido al núcleo íntimo de adoradores de la fanática profetisa del capitalismo más crudo Ayn Rand, que se había negado a marcar ningún límite a las acrobacias financieras de Wall Street; en enero de 2006 se jubiló cubierto de gloria en la Reserva Federal e inmediatamente pasó a ejercer opulentas asesorías en empresas privadas.

Tan sólo unos meses más tarde la burbuja económica americana empezaba a desmoronarse. En septiembre de 2008, en los días apocalípticos en los que parecía a punto de repetirse el derrumbe de 1929, Alan Greenspan declaraba delante de una comisión del Senado. La expresión, el traje, los ademanes, las gafas, la corbata negra, las palabras murmuradas, el movimiento de las manos, todo se mantenía idéntico. Pero ahora el brujo, el Maestro, el gurú, era un viejo que confesaba no entender nada de lo que estaba sucediendo. Dijo literalmente encontrarse *«in a state of shocked disbelief*»: en un estado de atónita incredulidad. Exactamente igual que cualquiera de nosotros.

9

Creemos que ocupan posiciones tan levantadas de poder porque son muy inteligentes. En realidad nos parecen muy inteligentes tan sólo porque tienen un poder inmenso. Les atribuimos la agudeza y el rigor del conocimiento científico pero nos hipnotizan porque se mueven con lenta solemnidad y ponen sobrios gestos que sugieren un pensamiento inescrutable, como los sacerdotes romanos que adivinaban el porvenir examinando las vísceras de animales sacrificados o el vuelo de los pájaros. Vi dos intervenciones públicas de Rodrigo Rato en Nueva York cuando era director del Fondo Monetario Internacional. Rato hablaba inglés con soltura, miraba las notas en el atril pero no las leía, elevaba los ojos por encima de las gafas, como avizorando por encima de las cabezas del público un porvenir seguro que sólo él y unos pocos como él podían descifrar. En la primavera de 2007 Rodrigo Rato vaticinaba que la economía mundial crecería sin sobresaltos un 5 %, y que si acaso habría una desaceleración ligera en Estados Unidos, apenas un contratiempo que se corregiría en unos meses.

10

Donde aún no pasaba nada era en España. Ni cuando empezaron a quebrar bancos en Estados Unidos, ni cuando Islandia y luego Irlanda pasaron de la riqueza a la bancarrota. Ahora cuesta aceptar que sólo hayan transcurrido cuatro años desde 2008, cuando Rodríguez Zapatero ganó por segunda vez y sin mucho esfuerzo las elecciones generales. Quién iba a creer que se acercaba la crisis o iba a criticar en serio al presidente por negarse siquiera a decir esa palabra si la economía estaba creciendo casi al 4 %, más que el año anterior, más aún que en cada año de la larga racha de crecimiento que ya llevaba durando una década. La Bolsa de Madrid había alcanzado el nivel más alto de su historia. Entre 1997 y 2007 el suelo se había revalorizado un 500 %. En España había más billetes de 500 euros en circulación que en ningún otro país de Europa.

Éramos la octava potencia mundial, decía el presidente del gobierno. También decía que en tres años alcanzaríamos el nivel de renta de Alemania. En tres años tendríamos la mayor red de líneas de alta velocidad del mundo, por encima de Japón y de Francia. Estábamos en la *Champions*, repetía ese hombre risueño con demagogia futbolística. (Pero no se trataba sólo, como parece ahora, de una alucinación española: según *The Economist* España y Suecia eran las dos economías más dinámicas de Europa.) Habíamos superado a Italia en renta per cápita y muy pronto superaríamos a Francia. Francia se había quedado anquilosada y estaba en decadencia. La lengua francesa se batía en retirada en el mundo y el español avanzaba con una pujanza estadística que llenaba de vacuas cifras el triunfalismo de los discursos oficiales. El alemán no quería estudiarlo nadie. El Instituto Goethe y la Alianza Francesa tenían que cerrar centros porque las aulas se les quedaban vacías de alumnos; nosotros no parábamos de abrir nuevas sedes del Instituto Cervantes en las capitales más lejanas, en Tokio y Nueva Delhi y Seúl y Pekín. Brasil iba a declarar obligatorio el aprendizaje del español y muy pronto harían falta profesores para enseñar nuestra lengua a muchos millones de nuevos alumnos. Cincuenta millones de personas tenían el español como primera lengua en Estados Unidos, etc.

11

Otro recuerdo de entonces: una visita al palacio de la Moncloa en diciembre de 2004, en compañía de César Antonio Molina, y de tres o cuatro directores de centros del Cervantes, uno de ellos el escritor Juan Pedro Aparicio. Nos recibió el presidente Rodríguez Zapatero, con la gran sonrisa que entonces no perdía nunca, los ojos muy claros, los hombros entre encogidos y elevados, el cuello de la camisa extraordinariamente blanco. Los salones del palacio estaban pintados de blanco y en las paredes colgaban litografías de Joan Miró. Todo parecía tan nuevo y tan abrillantado como el traje del presidente o su tono de piel, un bronceado intenso en medio del invierno. Todo era moderno de una manera aséptica y los asesores y asesoras que iban ágilmente de un lado a otro y rodeaban al presidente eran todavía más jóvenes que él. Ser joven y ser mujer eran las cualidades indiscutibles en ese tiempo tan lejano. Las columnas pintadas de color crema de los salones de la Moncloa perdían gran parte de su efecto cuando se comprobaba al tacto que estaban tan huecas como columnas de un decorado. El presidente puso interés en enseñarnos la sala de las reuniones del Consejo de Ministros, también decorada con litografías de Miró. En la omnipresencia de Miró debía de haber algo como una declaración de principios. Apoyando las dos manos en el respaldo del sillón a la cabecera de la mesa, los hombros siempre tan peculiarmente levantados, el presidente nos dijo: «Éste es el sitio más especial del palacio. Cuando te sientas aquí es cuando tocas de verdad el poder.» Me sorprendió que lo dijera tan sinceramente, que no disimulara el gusto de mandar.

12

En otro salón con cristaleras que daban al Monte de El Pardo nos invitaron a sentarnos en unos divanes de piel blanca, en torno a una mesa baja de cristal tan ancha que nos veíamos de lejos los unos a los otros. El café con leche estaba tibio y era mediocre. Intercambiábamos las vaguedades propias de esa clase de encuentros y cuando César Antonio pidió un aumento de presupuesto la sonrisa se agrandó en la cara del presidente: «Hay dinero —recuerdo que nos dijo—. Hay mucho dinero este año. Y el año que viene habrá mucho más. La economía va como un tiro. Tendremos superávit.» Miraba con unos ojos tan claros que daba la impresión de una transparencia demasiado límpida como para contener ni un rastro de sustancia.

Inevitablemente la conversación derivó hacia el pasado. El pasado parecía la única materia que diera algo de espesor a aquel presente gaseoso en el que Rodríguez Zapatero se movía entre las paredes blancas y las columnas huecas del palacio de la Moncloa, por los salones con ventanales amplios que daban a los pinares de El Pardo y al horizonte azul de la sierra, muy nítido en la mañana de invierno. Nos dijo que el gobierno estaba planeando exhumar los restos de Manuel Azaña en Montauban y los de Antonio Machado en Colliure para traerlos a España. Fijó en mí sus ojos muy claros con un gesto de impasible extrañeza cuando le dije que no estaba de acuerdo: que una parte de la memoria indeleble de Manuel Azaña y de la de Antonio Machado es que murieran en el destierro y que haya que cruzar la frontera para visitar sus tumbas. Cité un verso terminante de Antonio Machado: *Sólo la tierra en que se muere es nuestra.* Entre unos y otros cambiamos de conversación.

13

Había mucho dinero y de repente ya no lo hubo. Había dinero y como a lo largo de muchos años su flujo privado y público había ido aumentando no era inverosímil suponer que en el futuro habría más, todavía más.

Había dinero para todo. Para abrir nuevos centros del Instituto Cervantes en las ciudades más caras del mundo y también embajadas oficiosas de las comunidades autónomas; para añadir una nueva terminal gigante en el aeropuerto de Barajas y para construir aeropuertos en casi cualquier provincia; para inaugurar museos de arte contemporáneo, palacios de congresos, sedes universitarias, parques temáticos, plantas de energía solar, auditorios de música, centros culturales, polideportivos de dimensiones olímpicas, circuitos de Fórmula 1, líneas de tren de alta velocidad, estaciones colosales de ferrocarril, plantas desaladoras de agua del mar. «Hay dinero. Y va a haber todavía más.»

14

Recuerdo la primera vez que llegué de Nueva York a la nueva terminal de Barajas. Con la primera luz del día, con el cambio de hora, con el cansancio y la confusión de la noche de viaje, el lugar me pareció de una complicación y de unas dimensiones pavorosas. Quizás más que en ningún otro lugar en un aeropuerto uno necesita y agradece arquitecturas rápidamente comprensibles, espacios de tránsito que induzcan a la serenidad y aseguren cuanto antes la orientación. Yo bajé del avión esperando las formas simples y familiares de la antigua terminal y me encontré sin previo aviso en una jungla de desmesura y abundancia: planos superpuestos, escaleras mecánicas, letreros luminosos que se sucedían verticalmente, vestíbulos resonantes en los que al viajero recién llegado lo sobrecogía la amplitud del espacio, techos ondulantes como teclados de acordeón sostenidos por vigas de colores.

La sensación de desmesura y extranjería se acentuaba al tomar un taxi y ver en la distancia, sobre el páramo seco de las afueras de Madrid, el bosque móvil de las grúas, docenas de grúas oscilando sobre los edificios de barriadas enteras que unos meses antes no habían estado allí; y más allá las cuatro torres en construcción al final de la ciudad, como un distrito financiero surgido casi instantáneamente, completo, de golpe, con esa vulgaridad lujosa de la arquitectura corporativa en cualquier sitio del mundo, prismas o cilindros de cristal oscuro, idénticos entre sí, firmados por arquitectos plutócratas, siempre los mismos, los tres o cuatro nombres preceptivos, los que viajan como divos de ópera en aviones privados y sólo visitan un rato y distraídamente la obra que ungen con su firma. Desde esa distancia en la que el perfil de la ciudad apenas se alza por encima de un horizonte estepario las torres parecían erigir su insolencia en mitad de la nada, en un paisaje estéril ajeno a la naturaleza pero también a la historia, a esas continuidades pacientes que moldean la fisonomía de una ciudad verdadera, de una ciudad civilizada.

Tan sólo unos años antes, en el espacio que ahora ocupaban las cuatro torres había campos de deportes: graderías bajas, praderas de césped en las que entrenaban los jugadores del Real Madrid. De un día para otro una tranquila instalación deportiva al final de una ciudad se convierte en un solar de derribos y luego en una extensión de tierra removida y perforada en la que se atarean las máquinas; lo que valía muy poco cobra un valor inmenso; en el tránsito del casi nada a una aritmética multiplicadora de miles de millones estalla de golpe la súbita capacidad expansiva del dinero. Desde mediados de los años ochenta una palabra ha servido para designar metafóricamente ese prodigio: el pelotazo.

15

Cuanto más parece que se acelera el tiempo más rápido actúa el olvido. Quién se acuerda ahora de los años en los que irrumpió esa palabra en el idioma con un significado que no había tenido hasta entonces. Pero en su salto de lo literal a lo metafórico está el comienzo de la época que ha terminado ahora: como esos indicios secundarios que permiten datar con precisión un hallazgo arqueológico. Cuándo fue la primera vez que oímos que alguien había dado un pelotazo: en qué momento la palabra se volvió tan habitual que no había tertulia política en la que no se repitiera: quizás hacia esa época, en 1988, en que un ministro socialista, Carlos Solchaga, aseguraba que España era «el país donde uno se puede hacer rico más rápidamente».

Primero la palabra «pelotazo» se decía en un tono confidencial y luego se volvió pública. Había quien la usaba admirativamente. En un país en el que todo sucedía a una escala mediocre y en gran medida previsible de pronto el pelotazo señalaba lo inusitado: una ganancia tan rotunda como una patada certera en el cuero de un balón de fútbol.

Como todo se olvida tan rápido los que no somos jóvenes tenemos la obligación de atestiguar lo que hemos visto con nuestros propios ojos, lo que ha permanecido en nuestra memoria. Hacia la mitad de los años ochenta empezó a haber dinero en la política y en la vida cotidiana. Por primera vez vimos a gente que se enriquecía: no los ricos habituales y casi siempre rancios, y desde luego remotos, sino gente que se parecía a nosotros, que compraba un coche espectacular, que se iba a vivir a una casa con jardín, que adquiría hábitos y vicios caros, que a veces tenía un pasado muy próximo de intransigencia ideológica y ascetismo militante.

Vimos también cómo mucha de aquella gente parecida a nosotros que había entrado en la política por convicción o por azar en las primeras oleadas de elecciones democráticas se instalaba en ella y la convertía en una profesión. Adquirían ademanes como de una autoridad congénita. Un poco antes, en 1977, en 1979, recién elegidos diputados o concejales, los amedrentaban los ujieres o los guardias que se les ponían firmes cuando entraban en un edificio público, y reaccionaban con indignación igualitaria ante las pompas del poder. Al poco tiempo no sólo las aceptaban sin ningún embarazo sino que se les veía interiormente crecidos cuando se sentaban en el sillón forrado de terciopelo viejo de un despacho o asistían a una ceremonia pública, a un desfile, a una procesión; incluso no tardaron nada en aprender la desenvoltura adecuada para montarse en un coche oficial o salir de él.

Éramos muy jóvenes y el tiempo pasaba entonces para nosotros mucho más despacio: ahora nos sorprende comprobar lo rápido que sucedió todo, los pocos años que bastaron para que muchos de aquellos aficionados se convirtieran en profesionales, se multiplicaran y enquistaran en una clase política, apoderándose de aquella misma administración a la que poco antes habían llegado como intrusos. Al mismo tiempo que la política se volvía una profesión de por vida y con frecuencia bastante lucrativa muchos de los que la habían ejercido en el tránsito de la clandestinidad a la democracia se alejaron de ella o fueron apartados contra su voluntad, o fueron sufriendo un acoso lento que los reducía a la irrelevancia. Los que tenían una profesión regresaron a ella después de uno o dos mandatos. Algunos que también la tenían y que hasta un cierto momento habrían podido marcharse de pronto se encontraron con que habían pasado demasiados años en la política y ya no servían para nada más. Pero la resignación o el cinismo son más llevaderos cuando se recibe un buen sueldo a cambio de no mucho esfuerzo y se tiene garantizada una pensión generosa, o cuando se ha sido cómplice de un pelotazo y se dispone de una cuenta secreta o de una caja fuerte llena de billetes de quinientos euros que no han dejado ningún rastro.

Entonces el espíritu crítico se ejerce muy en privado o del todo en silencio. Uno de los rasgos más sorprendentes de la innumerable clase política española es la conformidad. Los dirigentes de cada partido son reelegidos una y otra vez con unanimidades norcoreanas. En los salones de actos en los que celebran sus congresos y aplauden con disciplinada devoción y levantan la mano en los momentos requeridos no hay probablemente nadie a estas alturas que no tenga un puesto bien remunerado, que no viva desde hace muchos años del dinero público. Algunos veteranos de los que tenían veintitantos años a finales de los setenta siguen ganando elecciones, o han llegado a la edad de jubilación presidiendo con aposturas patricias empresas públicas o privatizadas en las que cobran sueldos de plutócratas, cajas de ahorros a las que han llevado impávidamente a la ruina. Y también hay ya una segunda y hasta una tercera generación de cargos que han convertido en privilegio hereditario lo que empezó tan improvisadamente en los años primeros de la Transición, que no han respirado otro aire ni estudiado otra carrera que la del medro político.

16

Hacia la mitad de los ochenta una forma aguda de asombro la provocaban los primeros de nuestra generación o sólo diez o quince años mayores que aparecían transformados impúdicamente en poderosos. En 1977, en 1979, en 1982, había habido elecciones generales; en 1979 y 1983 las elecciones municipales llenaron los ayuntamientos de alcaldes y concejales de izquierdas. Ya no se recuerda en qué medida y a qué velocidad todo tenía que ser improvisado. Había que encontrar candidatos para millares de listas electorales. Había que organizar partidos políticos casi de la nada. Había que buscar gente más o menos capaz que pudiera hacerse cargo de la variedad innumerable de tareas mayores o menores que componen el empeño formidable de transformar un país. Las biografías personales se aceleraban a la misma velocidad con la que se iba inventando lo nuevo. Las épocas de grandes cambios sociales y políticos son muy estimulantes para la literatura porque en ellas es fácil asistir en pocos años al arco de un destino completo, al supremo espectáculo novelesco de las vidas que cambian de curso, las facultades nuevas que se descubren en quien parecía no tenerlas, los derrumbes inesperados de lo que parecía muy sólido y la fluidez de las identidades que parecían fijas.

En este tiempo de ahora en el que las maquinarias políticas están tan osificadas es difícil recordar y más aún explicar la sensación de transitoriedad que lo permeaba todo entonces, la volatilidad de las cosas, la incertidumbre de todo. El porvenir era tan fluido como el presente y nada estaba garantizado. La euforia de la libertad nunca fue completa. La excitación nerviosa de los cambios tan rápidos tenía el contrapunto de las inercias que no llegaban a romperse y del miedo permanente a un golpe de Estado. Bajo el colorido de fiesta pop de los primeros ochenta hay un escándalo ahora olvidado de charcos de sangre. La democracia estaba siendo inventada mientras los terroristas mataban un día sí y otro no con el fin exclusivo de exasperar al ejército y provocar una dictadura militar. En la ebriedad del descubrimiento y la improvisación había una punzada constante de angustia.

Cada tiempo tiene sus metáforas, que surgen sin que se sepa de dónde y se vuelven familiares y diarias y luego desaparecen y ya nadie las recuerda. Pertenecen al ruido de fondo de una época, y los sonidos dejan tan pocos rastros tangibles como las impresiones visuales o los olores. Quién recuerda ahora que una de las metáforas de aquellos años fue el «ruido de sables»: el rumor continuo de la amenaza de un golpe.

17

Pero tampoco nadie habría podido prever los cambios en la moral pública y privada que hicieron posible la irrupción de esa otra metáfora, el pelotazo. Habría que seguir el rastro de la palabra: averiguar la fecha en que entró por primera vez en un diccionario. En el *Diccionario de la lengua española* encuentro una definición perfecta: *PELOTAZO: Negocio de dudosa legalidad con el que se gana mucho dinero de manera rápida.* En aquellos años, los últimos setenta, los primeros ochenta, uno no solía conocer a nadie que tuviera mucho dinero o que lo ganara, de manera rápida o lenta. España era un país más pobre. A lo más que aspiraba la mayor parte de la gente que yo conocía y yo mismo era a un sueldo de maestro o de profesor de instituto, de funcionario intermedio.

En 1981, cuando yo empecé a trabajar en el ayuntamiento de Granada, con un contrato de un año, mi sueldo de auxiliar administrativo interino era muy bajo, pero no creo que ni los funcionarios mejor pagados llegaran a ganar diez veces más que yo. En la administración municipal había muy poco dinero. Los funcionarios se pasaban la vida comparando melancólicamente sus sueldos a los de los privilegiados de dos paraísos administrativos inalcanzables para ellos: la diputación y la caja de ahorros.

En las oficinas los muebles eran viejos y las máquinas de escribir, mecánicas. Máquina eléctrica recuerdo que sólo había en la antesala del despacho del alcalde. Los tapices, dorados y terciopelos del salón de plenos desprendían un olor polvoriento a falso lujo isabelino. En el negociado de Fiestas y Cultura trabajábamos dos personas y había dos mesas. Una de ellas la ocupaba entera el jefe. La otra la compartía su único subordinado, que era yo, con la auxiliar administrativa del negociado de Varios, que bajo ese título misterioso se encargaba principalmente de expedir certificados de residencia. El alcalde era un profesor joven de la Facultad de Derecho, ni siquiera un catedrático. El concejal de Cultura era profesor de instituto. Ahora no recuerdo si recibía algún sueldo, pero en cualquier caso seguía dando sus clases, o una parte de ellas. Lo que sí recuerdo es que cuando dejó de ser concejal volvió al instituto. La política, en aquel ayuntamiento de segundo rango, era una ocupación accidental y la mayor parte de los que se dedicaban a ella lo hacían por convicción y tenían otros trabajos o carreras a los que volver. Los funcionarios aceptaban la mezquindad de los sueldos casi como un rasgo de hidalguía. «Ellos nos engañan con el sueldo; nosotros a ellos con el trabajo», decían. O bien: «Ellos fingen que nos pagan; nosotros fingimos trabajar.» Las primeras tentativas de control de horarios despertaron un sentimiento de vejación: en el patio del ayuntamiento, bajo el hueco de la escalera de subida a las oficinas, se pusieron unas hojas en las que había que firmar a la entrada. Primero a las nueve, y después, aún más punitivamente, a las ocho: a las ocho y diez un ordenanza inapelable recogía las hojas de firma y las entregaba en el negociado de Personal. «El siguiente paso será obligarnos a llevar mono de obreros y poner en el ayuntamiento una sirena como las de las fábricas», dijo memorablemente un veterano. Los relojes de fichar fueron una innovación que todavía iba a tardar unos cuantos años.

18

Hacia mediados de los ochenta ya había mucho dinero. No tanto como el que hubo después, pero mucho más del que hubiera habido nunca. Había dinero en los ayuntamientos y en el gobierno central. Empezó a haber dinero cuando la reforma fiscal modernizó la recaudación. Y lo hubo de verdad cuando llegaron los fondos de la Comunidad Europea. Había mucho más dinero y los políticos tenían mucho más poder, gracias a la aprobación de leyes oportunas, que los liberaban de la sujeción a aquella legalidad de la que se habían quejado tanto en los primeros tiempos, cuando se declaraban maniatados por lo que se llamaba entonces «trabas burocráticas». A finales de los años ochenta los alcaldes ya no eran aficionados inseguros a los que irritaba el protocolo y que se resignaban con fastidio a las solemnidades rancias que hubieran preferido suprimir. Manejaban mucho dinero y podían gastarlo sin rendir cuentas a los altos funcionarios que al principio habían vigilado la legalidad de los acuerdos municipales, aprobado con antelación cualquier propuesta de gasto y controlado después los pagos.

En aquellos años de cambios muy sonados pasó inadvertido uno de los que iban a tener consecuencias más demoledoras en la vida pública española. Sin él la frecuencia y la rotundidad de los pelotazos que empezaron a hacerse célebres por entonces no habrían sido posibles. Pero más grave que la *legalidad dudosa* a la que alude la definición y que la grosera ilegalidad de tantos hechos corruptos es la perfecta legalidad en la que han sucedido la inmensa mayor parte de las barbaridades y los despilfarros que se han ido acumulando a lo largo de tantos años hasta llegar a este presente en el que parece que todo se derrumba, en el que no sabemos si mañana mismo habrá un médico en el hospital que pueda atendernos o un equipo de bomberos con los medios imprescindibles para combatir un incendio, o simplemente un camión municipal que pase a recoger la basura.

Lo que sin que nadie lo advirtiera o lo denunciara empezó a suceder hacia mediados de los años ochenta es que al mismo tiempo que las instituciones públicas empezaban a disponer de mucho dinero desaparecían los controles efectivos de legalidad de las decisiones políticas. Entre todos los errores de la Transición española que se aireaban tan acusadoramente cuando aún nos estaba permitido el lujo de la obsesión por el pasado, uno de los más graves no lo ha mencionado casi nadie: la incapacidad de crear una administración pública profesional, solvente, atractiva como oportunidad de trabajo y progreso personal, austera, ajena a la política y a los vaivenes electorales, escrupulosamente sujeta a la ley.

19

Ha pasado tanto tiempo que nadie recordará ya que en los programas electorales de entonces una de las promesas que solía hacerse era la de algo llamado «la carrera administrativa»: un funcionario no tendría por qué quedarse toda la vida anclado en el mismo puesto, sin más expectativa de mejora que la lenta acumulación de trienios. Si cumplía eficazmente, si continuaba formándose, si adquiría nuevas capacidades, podría ascender y mejorar su sueldo mediante pruebas de competencia objetivas.

Durante unos cuantos años yo mismo viví con esa ilusión. En 1982 gané una oposición a auxiliar administrativo. El trabajo que yo habría querido era el de profesor de instituto, pero se trataba de una aspiración estadísticamente inalcanzable: cada año salían a oposición no más de unas decenas de plazas para mi especialidad de Historia del Arte, y se presentaban millares de candidatos. En el ayuntamiento al menos me ganaba la vida. Sigo sabiéndome de memoria la descripción de las tareas modestas a cambio de las cuales recibía un sueldo no muy por encima del salario mínimo: «mecanografía, cálculo sencillo, despacho de correspondencia». En realidad mi trabajo consistía en programar conciertos, exposiciones y funciones teatrales. Me gustaba hacerlo y tenía la esperanza, alentada por mis superiores políticos, de que al cabo de cierto tiempo me reconocerían la titulación universitaria y la experiencia profesional que había ido acumulando. Escribir era mi vocación, y le dedicaba casi cada una de las tardes que me dejaba libre el trabajo, pero no imaginaba que alguna vez pudiera dedicarme sólo a la literatura y vivir de ella.

No me costaba ningún esfuerzo limitarme a expectativas verosímiles. Y con frecuencia agradecía la oportunidad que me deparaba el trabajo de escuchar a músicos extraordinarios y observarlos de cerca, de conocer a pintores a los que admiraba.

Cada año parecía que la promesa de la carrera administrativa estaba a punto de ponerse en práctica. Había más dinero, pero en un momento dado la promesa desapareció. Había dinero para que alcaldes y concejales tuvieran sueldos que no habían existido nunca, para que los negociados mustios de antes pasaran a llamarse ampulosamente áreas, para que los viejos terciopelos y los sillones isabelinos desfondados se cambiaran por mobiliarios de diseño moderno, para que a los antiguos escalafones que habían permanecido inalterables durante más de un siglo se superpusieran de la noche a la mañana nuevos cargos ejecutivos con nombres fantasiosos: gerentes, gestores, animadores socioculturales, asesores técnicos, directores de gabinete, directores de área, directores de comunicación.

Eran tantos que ya no cabían en los viejos edificios, de modo que había que comprar o alquilar otros nuevos, y que inventar nuevos organismos y nuevos nombres y siglas mucho más complicadas. Cuando yo entré en el ayuntamiento de Granada el suministro de agua potable se gestionaba en una pequeña oficina que tenía una puerta de cristal esmerilado con un simple letrero: NEGOCIADO DE AGUAS. Dos o tres años después el negociado se había convertido en una empresa con su director ejecutivo y su consejo de administración y ocupaba varias plantas en un edificio moderno y caro de la ciudad que tenía en la fachada un nombre tan complicado que resultaba difícil de pronunciar, pero que en toda su dificultad y longitud se las arreglaba para omitir la palabra *agua*: Empresa Municipal de Abastecimiento y Saneamiento de Granada Sociedad Anónima. EMASAGRASA.

20

De la carrera administrativa nadie volvió a acordarse porque los partidos políticos, los unos y los otros, los mayoritarios y los minoritarios, los de derecha con la misma convicción que los de izquierda y los independentistas que los centralistas, prefirieron ocupar las instituciones antes que reformarlas por dentro, desactivando los mecanismos de legalidad allí donde existían, no permitiéndoles llegar a existir cuando se creaban de la nada organismos nuevos. El franquismo no había sido sólo un régimen tiránico: había sido también un régimen incompetente, entregado en parcelas de botín a los intereses que lo sostenían y que se beneficiaban de él, dotado de una administración mal equipada y mal pagada, absurdamente arcaica, sumida en un deterioro físico que volvía aún más lóbregas y hostiles las oficinas y más avinagradas las caras de los funcionarios. En la mezquina fealdad franquista había una parte de simple penuria administrativa que duró más que el Régimen.

Ni en las oficinas ni en los cuarteles o las comisarías había nada que no fuera viejo y que de algún modo no tuviera impresas las marcas sórdidas de un largo abandono. Los jefes de negociado podían llevar brillantina en el pelo y dejarse muy larga la uña del dedo meñique. Los filos de las mesas de madera tenían quemaduras negras de cigarrillos. El gris sucio de los uniformes y las furgonetas de la policía era el mismo que el de los escritorios y los archivadores metálicos de la oficina municipal en la que yo trabajaba. Las solicitudes se sellaban con pólizas compradas en estancos que administraban todavía viudas o herederos de mutilados del bando vencedor en la guerra y en ellas una petición se llamaba una súplica y al terminar había que desearle a la autoridad destinataria que Dios guardara a Vuecencia Ilustrísima o a Su Excelencia muchos años.

21

Ése era el mundo que encontraron los concejales de izquierdas cuando llegaron a los ayuntamientos en la gran oleada democrática de 1979. Pero en él no había sólo funcionarios franquistas. Había muchos demócratas que para sobrevivir habían aguantado más o menos emboscados, y también cierto número de técnicos superiores muy competentes que habían ganado oposiciones difíciles y que representaban lo más parecido a escala española a los cuerpos de elite de la administración francesa. En cada ayuntamiento, miembros de los que se llamaban no sin reverencia cuerpos nacionales ocupaban los tres puestos decisivos: el secretario general, el interventor, el depositario. Desde mi posición ínfima de escribiente interino yo los veía investidos de una solemnidad inapelable. En aquella época todo lo que viniera del pasado nos parecía que tuviera un inmundo origen franquista. En realidad, esos cuerpos nacionales venían de mucho antes de la Guerra Civil, y habían sido fundados con el propósito de limitar el poder arbitrario de los caciques territoriales sobre los escalones más débiles de la administración: los ayuntamientos y las diputaciones provinciales. Secretarios, depositarios e interventores tenían puestos inamovibles que dependían del estado central. Los alcaldes no podían nombrarlos ni destituirlos. El secretario general certificaba la legalidad de los acuerdos municipales. El interventor tenía que dar su aprobación a cada propuesta de gasto, asegurándose previamente de que no se salía de los presupuestos. El depositario controlaba el dinero ingresado en la caja del ayuntamiento y autorizaba los pagos.

Recuerdo que a mis superiores políticos los exasperaba aquella subordinación de sus decisiones y sus ocurrencias a unos procedimientos en los que sólo veían el peso muerto de la burocracia del pasado. Habían ganado las elecciones. Habían llegado al poder con la legitimidad del voto popular y con la misión de cambiarlo radicalmente todo y se veían enredados en trabas continuas, en pasos legales de una lentitud que parecía calculada para malograr el cumplimiento de aquellos ideales urgentes en nombre de los cuales se habían lanzado a la política.

Habría sido necesario construir una nueva legalidad

democrática: lo que hicieron fue sustituir la antigua por la potestad de ejercer incontroladamente el albedrío político. Cambiaron las leyes no para hacerlas mejores sino para asegurarse de que podrían actuar al margen de ellas. Y desde luego nunca crearon la carrera administrativa: a los funcionarios profesionales pero no dóciles políticamente los apartaron de los puestos de responsabilidad o los forzaron a marcharse por desmoralización o aburrimiento; y en vez de modernizar la antigua burocracia la sumergieron en una inundación de nuevos puestos clientelares, de comisarios políticos descarados o encubiertos, dependientes siempre del favor del que los nombraba, leales hasta la sumisión, volcados en el servicio al partido o al líder del que dependía su sueldo y no a la ciudadanía que lo costeaba con sus impuestos.

La ruina en la que nos ahogamos hoy empezó entonces: cuando la potestad de disponer del dinero público pudo ejercerse sin los mecanismos previos de control de las leyes; y cuando las leyes se hicieron tan elásticas como para no entorpecer el abuso, la fantasía insensata, la codicia, el delirio —o simplemente para no ser cumplidas.

Pero una administración clientelar no sólo fomenta la incompetencia y facilita la corrupción: también desalienta a los empleados más capaces y vuelve habitual el cinismo. Quien por integridad personal y por vocación hace bien su trabajo comprende que daría lo mismo que lo hiciera mal, e incluso que cumpliendo su deber se gana el rechazo de los que mandan; y si todo el mundo sabe que el mérito puede ser inútil y la mediocridad recompensada, y que en último extremo todo depende del favor político, los alicientes para mejorar la propia tarea serán siempre inferiores a la tentación de la desgana, cuando no del servilismo. Cuanto más politizada esté una administración menos continuidad habrá en proyectos que deberían ser a largo plazo y quedar por encima de la disputa partidista: todo se vuelve un hacer y deshacer marcado por las oscilaciones electorales; lo aprobado por un gobierno queda en suspenso o es desarbolado cuando llega el gobierno de otro partido; los nuevos cargos aspiran sobre todo a borrar la huella de los anteriores; el dinero y el esfuerzo gastados se vuelven estériles.

22

La abundancia de dinero fue inundación cuando a principios de siglo ingresamos en la moneda única y fluyó el crédito barato. Entonces no comprendíamos que una gran parte de ese dinero era prestado, y que por muy bajo que fuera el interés alguna vez habría que devolverlo. No lo comprendíamos y nadie lo explicaba. Nadie explicaba que cuando un ayuntamiento o un gobierno autónomo o el gobierno central tenían que pagar un plazo de cualquiera de sus préstamos lo que hacían era pedir otro préstamo, de modo que a cada pago la deuda crecía en vez de disminuir. Nadie explicaba que el dinero que prestaban los bancos a los particulares para comprar sus casas esos mismos bancos lo tomaban prestado de otros bancos extranjeros. Pero el dinero tiene la cualidad de borrar cualquier duda sobre su procedencia. Había mucho dinero y no había control; o los controles eran tan débiles que sin dificultad los rompía la fuerza del dinero.

Pronto hubo gente avispada, en la política y fuera de ella, que empezó a sacar provecho, a dar pelotazos de escala diversa, desde la picaresca de poca monta al golpe millonario. Fue la época en la que empezamos a ver cambios de indumentaria y de fortuna, en que antiguos adeptos a las catacumbas de la clandestinidad se aficionaron a los reservados de los restaurantes de lujo y a los cristales blancos de la cocaína. En la dudosa legalidad florecían negocios en los que se ganaba mucho de manera muy rápida.

Sólo unos años antes las instituciones eran demasiado pobres y cualquier gasto o contrato que hacían estaba sujeto a concursos meticulosamente regulados, a la árida inspección jurídica de aquellos funcionarios sobre quienes los altos cargos políticos no tenían más autoridad que la de la ley. Ahora esos funcionarios habían perdido una gran parte de su poder de otro tiempo, o en algunos casos se habían dejado comprar, y los alcaldes y los concejales podían contratar y gastar prácticamente a capricho, y tomar decisiones sin someterlas a tediosos cálculos de gasto.

En los márgenes de la administración empezaron a crecer organismos híbridos que ya no estaban sometidos a los antiguos controles y que por lo tanto dependían únicamente de los dirigentes políticos: empresas públicas, consorcios, patronatos, que al parecer, libres de las célebres trabas burocráticas, gestionarían las cosas con la eficacia y el dinamismo de negocios privados, lo mismo el suministro de agua que las fiestas o los museos o que la construcción de viviendas públicas y la planificación de las ciudades. Hasta entonces los sueldos de los funcionarios habían oscilado entre lo casi miserable y lo más o menos digno, entre la paga de un peón, un ordenanza o un auxiliar administrativo como yo y la de un técnico superior de administración. Ahora los alcaldes tenían la facultad de fijarse ellos mismos el sueldo y la aprovecharon con entusiasmo, rodeándose de una pompa de protocolos y coches oficiales inaudita en países mucho más ricos.

Pero mejores remuneraciones con mucha menos exposición pública empezaron a recibir los gerentes y directivos de las empresas o agencias que a partir de 1983 y 1984 se multiplicaban ya por la periferia de las administraciones, especialmente aquellas que tenían que ver con la gestión del territorio. Había que construir nuevos edificios para albergar los recién inventados organismos; había que adquirir y restaurar palacios viejos, encargar reformas y restauraciones a arquitectos amigos, llenarlos de mobiliario moderno para señalar las diferencias con la vieja administración obsoleta: mobiliario que también se compraba a través de concursos amañados; y hacían falta diseñadores de relumbrón para crear logotipos e identidades corporativas, incluso nombres adecuados para las empresas.

Para ganar muchísimo dinero de golpe lo único que hacía falta era disponer de los adecuados contactos políticos. Para quedarse con un contrato de suministro de papeleras o de servicios informáticos a un ayuntamiento lo menos necesario era presentar una oferta que superase a todas las demás en la calidad de los materiales y en el precio: bastaba con disponer privadamente de las condiciones del concurso antes de que se hicieran públicas.

Dirigir un teatro o un polideportivo o un auditorio de música o una empresa municipal no requería demostrar cualificaciones específicas ni atestiguar experiencia ni competir en igualdad de condiciones con otros candidatos: el único mérito decisivo era la confianza política. Las únicas carreras administrativas que se han hecho en España a lo largo de los últimos treinta años son las de los mediocres arrimados a los partidos que han llegado a ocupar los puestos más altos sin poseer ningún mérito, sin saber nada, sin adquirir a lo largo del tiempo otra habilidad que la de simular que hacen algo o que han aprendido algo. No hay lugar de la administración cultural o de la política o la vida económica que no hayan escalado. Nadie puede calcular el número o el costo total de los puestos que se fueron creando no para cubrir ninguna necesidad racional prevista de antemano sino para dar colocación a parientes más o menos cercanos o pagar favores políticos. Ahora mismo nos hundimos bajo el peso muerto y combinado de su innumerable incompetencia.

23

Desde muy pronto mostraron predilección por los simulacros; por las solemnidades, los protocolos, los acontecimientos, las conmemoraciones, las procesiones, las festividades, los organismos que consistían sobre todo en un nombre y un logotipo, los eslóganes publicitarios, las campañas de imagen: o esa entelequia que empezó a llamarse la *comunicación*. Donde antes había habido como máximo alguna oficina de prensa ahora hubo gabinetes enteros de comunicación, lo cual sonaba mucho más moderno, y permitía nóminas más cuantiosas. Individuos dotados de saberes gaseosos y cualificaciones quiméricas obtenían subsidios millonarios con la finalidad de gestionar la administración de la nada, previamente envuelta en grandes castillos de palabras, tan consistentes como los castillos de fuegos artificiales cada vez más lujosos que se quemaban en los colofones de las fiestas: castillos en el aire, castillos en España.

Había un país real, más bien austero, habitado por gente dedicada a trabajar lo mejor que podía, a cuidar enfermos, a criar niños y educarlos, a construir cosas sólidas, a perseguir delincuentes, a juzgar delitos, a investigar en laboratorios, a cultivar la tierra, a ordenar libros en las bibliotecas, a ganar dinero ideando o vendiendo bienes necesarios. Pero por encima de ese país y mucho más visible estuvo desde muy pronto el otro país de los simulacros y los espejismos, el de las candidaturas olímpicas y las exposiciones universales, el de las obras ingentes destinadas no a ningún uso real sino al exhibicionismo de los políticos que las inauguraban y al halago paleto de los ciudadanos que se sentían prestigiados por ellas, el de los canales autóctonos de televisión destinados con plena desvergüenza y despilfarro sin límite a la propaganda sectaria y a la exaltación de la más baja vulgaridad transmutada en orgullo colectivo.

Casi cualquier gasto era factible, a condición de que se dedicara a algo superfluo: porque ni en las épocas de más abundancia ha sobrado el dinero para lo que era necesario, para la educación pública rigurosa, para la investigación científica, para la protección de la naturaleza, para dotar de sueldos dignos a los empleados públicos de los que depende la salud o la vida de los demás y los que se juegan la suya para protegerlas.

24

A la tarea poco gloriosa de administrar con austeridad y eficiencia el país que existía prefirieron muy pronto la invención de otros países paralelos, de ciudades convertidas en proyecciones fantásticas o decorados de sí mismas. Habiendo tanta urgencia de modernizar en profundidad la economía o la justicia prefirieron dedicarse a la modernización de las apariencias. En medio de ese paraje de desierto que atraviesa el taxi al salir del aeropuerto de Barajas una de las primeras cosas que se ven es una estructura de cristal en forma de huevo o de burbuja hermética, como una estación espacial en un planeta árido y de atmósfera irrespirable: es el único edificio que llegó a construirse de una ya abandonada «Ciudad de la Justicia», que según los planes insensatos del gobierno regional acogería en instalaciones modélicas todas las dependencias de la administración de Justicia repartidas por Madrid. Que esta ciudad fantástica nunca llegara a terminarse no impidió que fuese inaugurada. En el acto de la inauguración las autoridades gastaron casi un millón y medio de euros. Y mientras tanto las dependencias judiciales siguen pareciendo covachuelas de los tiempos de Dickens, y por falta de dinero, de medios, de personal, cualquier proceso puede prolongarse durante muchos años.

25

El trabajo fértil y bien hecho nunca les importó porque sus frutos tardan en llegar, y porque cuando llegan no suelen ser espectaculares y no les ofrecen a ellos la posibilidad de exhibirse como benefactores o salvadores. Querían salir en el periódico y escenificar inauguraciones fastuosas en vísperas de alguna campaña electoral. Lo importante era *comunicar* bien. Que un verbo hasta entonces transitivo se convirtiera en intransitivo es un indicio gramatical de la trapacería que ocultaba. En una sociedad sólida los méritos están muy repartidos y el protagonismo de lo que sale bien casi nunca corresponde a quien ostenta un cargo público. Cuanto más razonablemente funciona un país o una ciudad menos espacio queda para el providencialismo populista del buen líder que sabe lo que es mejor para los suyos y les consigue lo que piden o lo que necesitan, casi siempre arrancándoselo con determinación a un poder más lejano al que también podrá achacar oportunamente cualquier contratiempo.

En los últimos treinta y tantos años, al mismo tiempo que se iban levantando por todas partes las arquitecturas más inútiles y más caras de Europa, han surgido y se han agigantado también en España figurones de la política que han cultivado con éxito y sin ningún escrúpulo el populismo más barato, a veces paternal y a veces chulesco, o las dos cosas juntas, exhibiendo una zafiedad que se defendía o se disculpaba como llaneza, la cercanía del hombre o la mujer campechanos que no ocultan su origen ni se andan con formalidad ni sutilezas elitistas; el alcalde despechugado que se mezcla con la gente del pueblo que lo sigue eligiendo una y otra vez, el que logra que se construyan urbanizaciones y campos de golf y polideportivos de dimensiones olímpicas, el que por sus cojones trae a las fiestas al artista más famoso y más caro, a quien además podrá ver todo el mundo sin pagar entrada, el que escarnece en público a los vecinos que se quejan del ruido inhumano de los bares o a los ecologistas que protestan contra el martirio de una vaquilla, contra la tala de un bosque para plantar una urbanización.

Una mezcla del viejo caciquismo español y del reverdecido populismo sudamericano coincidió con los flujos de dinero barato que llegaba de Europa para engendrar una multiplicación fantástica de simulacros y festejos, de despliegues barrocos levantados para durar unas semanas o unos días y celebraciones hipertróficas, algunas rancias y otras recién inventadas, muchas de ellas bárbaras, conservadas no por el apego a la tradición sino por la cruda persistencia del atraso. Es triste que en un país la idea de la fiesta incluya con tanta regularidad la ocupación vandálica de los espacios comunes, el ruido intolerable, las toneladas de basura, el maltrato a los animales, el desprecio agresivo por quienes no participan en el jolgorio: mucho más triste es que la autoridad democrática haya organizado y financiado esa barbarie, la haya vuelto respetable, incluso haya alentado la intolerancia hacia cualquier actitud crítica. Nadie venido de fuera tiene derecho a denostar lo que somos. Cualquier objeción es una injuria contra la comunidad entera. Y quién se atreverá a disentir desde dentro, a actuar como renegado o traidor y aceptar el ostracismo.

La conmemoración y no el presente; el simulacro y no la realidad; la apariencia y no la sustancia; el acontecimiento espectacular de unos días y no el empeño duradero en mejorar lo cotidiano; la fiesta como identidad y casi como forma de vida y no la secuencia de los días laborables, del tiempo en el que el trabajo se compensa con el ocio privado; la fiesta como obligación unánime, como prolongada interrupción de la normalidad, como expresión de lo verdadero y lo irrenunciable, lo masivamente compartido; la fiesta como culminación del año y como gasto prioritario del presupuesto público; la fiesta legitimada por los siglos o envejecida a los pocos años de su invención; la fiesta como cultura recuperada, salvada después de una supuesta persecución que añade la categoría de víctimas heroicas a los que la celebran; la fiesta con pregones altisonantes en los que alguien cobra un dineral por celebrar con prosa de fritanga las glorias locales, la fiesta con procesiones solemnes, con galas litúrgicas, con complicaciones protocolarias, con trajes regionales, con corridas de toros, con carreras de mozos beodos delante de becerros despavoridos, con batallas colectivas en las que se arrojan y se pisotean toneladas de tomates, con aterradores escándalos de petardos por culpa de los cuales de vez en cuando muere alguien o hay un incendio; la fiesta en la que hacen reportajes equipos de televisión extranjera, confirmando lo brutos y primitivos y lo exóticos y coloristas que son los españoles, incluso aquellos que celebran su fiesta en un éxtasis de autenticidad antropológica que les confirma su obstinación de no ser españoles; la conmemoración de la conmemoración: en 1992 se conmemoraron con una exposición universal los cinco siglos del descubrimiento de América y en 2012 se ha conmemorado el vigésimo aniversario de la exposición del 92.

Uno de los rasgos menos examinados de la democracia española ha sido la propensión al paroxismo de la fiesta. Y uno de los capítulos más incalculables del despilfarro que ahora tenemos que pagar es el de todo el dinero público que desde hace treinta y tantos años se ha gastado en fiestas: en fiestas municipales y comarcales, en fiestas autonómicas, en fiestas de barrio, en carnavales, en fiestas de la primavera, en fallas y sanfermines y rocíos y ferias de Sevilla y en imitaciones de la feria de Sevilla.

Lo que en otro tiempo duraba cinco días empezó a durar una semana y media. La fiesta modesta de una sola tarde se expandió a una semana entera, convertida en una mezcla de juerga sin pausa y acontecimiento oficial. El carnaval que se había extinguido por aburrimiento o decadencia hacía un siglo se decidía que en realidad había sido proscrito por el franquismo, y que por lo tanto era obligatorio recuperarlo. Y para recuperarlo o para inventarlo había que aprobar grandes presupuestos, que contratar técnicos culturales o expertos en una cosa que empezó a llamarse «animación socio-cultural», los cuales organizaban reglamentariamente las murgas, charangas, bailes de máscaras, concursos de comparsas, espectáculos de teatro de calle, toda la presunta efervescencia de creatividad popular de la que no quedaría el menor rastro en el momento mismo en que el dinero que se dedicaba a ella se hubiera destinado a fines más útiles.

Las actuaciones musicales que en otra época organizaban empresarios particulares con la digna intención de obtener un margen de beneficio ahora las programaban las nuevas áreas pujantes de cultura de los ayuntamientos, o las empresas o agencias o gestoras municipales de cultura. El efecto inmediato fue doble: sin la cautela de la inversión privada y el cálculo de riesgos, el precio que los ayuntamientos pagaban por los espectáculos se multiplicó exponencialmente, para felicidad de los artistas y sobre todo de los intermediarios; y el público se acostumbró a pagar muy poco o a no pagar nada, y por lo tanto a no conceder valor alguno a lo que se le ofrecía gratis.

Ningún empresario podía competir ya con instituciones públicas que pagaban cualquier precio que les solicitaran y que además no cobraban entrada. Lo que hasta muy poco tiempo atrás había prosperado gracias a la astucia o al sentido de la oportunidad de promotores privados se volvió mucho más caro y sólo pudo ser costeado por instituciones públicas. Los artistas que más tenían ya se lo quedaron todo. De un año a otro cuadruplicaban o quintuplicaban sus cachés, y además no tenían que preocuparse de la incertidumbre de llenar o no llenar un recinto de feria o una plaza de toros. Como en España durante muchos años nadie parece haberse preguntado de dónde salía el dinero que gastaban tan a manos llenas las instituciones públicas, los figurones de la política se permitían el lujo de hacer creer a la ciudadanía que le regalaban por pura generosidad y sin contrapartida cualquier diversión que le apeteciera.

26

Viví de cerca los primeros años de la gran expansión de la fiesta como dádiva populista, como afirmación identitaria, como consagración de lo excepcional sobre lo cotidiano y de la holganza sobre el trabajo, como imposición tiránica del derecho a la juerga y al ruido sobre el derecho al descanso o al sueño o la tranquilidad de quienes no podían o no deseaban sumarse a la corriente general. Como cualquier otra comunidad, lo mismo las gobernadas por nacionalistas que las otras, Andalucía estaba viviendo un proceso acelerado de exageración de sí misma, al que muy pronto se consagró con gran éxito y a un precio que nunca sabremos calcular la televisión regional. La cultura andaluza era una versión abaratada de las visiones orientalistas del pasado musulmán y una permanente exaltación de cualquier hecho festivo. El gracejo y las batas de cola regresaron de los armarios polvorientos de los estereotipos de lo andaluz y lo español enaltecidos ahora como cultura autóctona.

En Granada, cuando yo empecé a trabajar en el ayuntamiento, la feria del Corpus empezaba un miércoles y terminaba el domingo. Aparte de las procesiones y solemnidades católicas usuales, toda la diversión consistía en una hilera de casetas de atracciones modestas en un paseo a lo largo del río Genil, algunas corridas de toros, algún circo, comedias representadas por compañías de Madrid en el teatro Isabel la Católica. En todo esto la intervención oficial era muy limitada. Orquestas baratas amenizaban los bailes en la caseta municipal. Las compañías dramáticas que venían en gira compartían las taquillas con el empresario del teatro. Guirnaldas de luces de colores y banderas de papel adornaban las calles del centro y el paseo polvoriento en el que estaban las casetas de tiro y de regalos y los carruseles y las atracciones en las que se montaban los niños.

Todo cambió, no poco a poco, sino de golpe, de un

año para otro. Ahora la feria del Corpus se trasladó a un descampado inmenso en el que se levantaba una ciudad entera, una Granada provisional y paralela que exigía servicios idénticos a los de la ciudad normal, alcantarillado, iluminación eléctrica, suministro de agua, servicios de transporte. Había que ser plenamente andaluces, y para serlo era preciso imitar costara lo que costara la feria de Sevilla, con su gran recinto de casetas privadas para la juerga incesante y los bailes de sevillanas y sus avenidas para que desfilaran por ellas los jinetes y los coches de caballos, con una gran portada arquitectónica en la que se encendieran al anochecer millares de luces.

Ser andaluz era beber fino bajo los toldos de una caseta y bailar sevillanas. La fiesta no era ya un paréntesis de resonancia limitada, un añadido luminoso en el costado de la ciudad y de lo cotidiano. La fiesta era una forma de vida y ya duraba casi dos semanas enteras, y ocupaba prioritariamente la actualidad informativa y el calendario de la nueva clase dirigente. En los periódicos locales las noticias de la feria llenaban todos los días suplementos enteros. En cuanto hubo televisión regional equipos cuantiosos se dedicaron a la transmisión en directo de todo lo que sucedía en el mundo paralelo de las casetas de feria, muchas de ellas casetas oficiales de las instituciones, los partidos políticos, los sindicatos, las empresas, todo el mundo concentrándose en la feria y ofreciendo agasajos y comilonas en el gran escaparate de la ciudad ficticia. Tan cerca del verano, la feria anticipaba lúdicamente el final de curso. En la plaza de toros se sucedían las corridas y los conciertos gratuitos de las estrellas del pop y del rock. Como en la Roma antigua o en la España del

Barroco, una de las tareas prioritarias de la administración era proveer de entretenimiento gratuito al pueblo. La factura verdadera nunca se ha sabido. Tampoco nadie la pidió.

Un poco antes de las fiestas del Corpus, a principios de mayo, solía celebrarse el día de la Cruz. Había sido una fiesta a una escala reducida, como tantas cosas en Granada. Desde mediodía se improvisaban en las calles pequeños altares con mantones de Manila y cruces hechas con claveles. Los niños montaban cruces infantiles y aprovechaban para pedir una propina a la gente que pasaba: «Un chavico para la santa cruz.» Era un día laboral. Por la tarde la costumbre era subir al Albaicín o ir al barrio del Realejo a visitar las cruces y tomar cervezas o vasos de vino en puestos callejeros. Hacia medianoche la fiesta terminaba en el Campo del Príncipe.

En el curso de unos años la fiesta de la Cruz se había extendido a toda la ciudad y duraba una semana entera. Los antiguos puestos improvisados en los que se bebía una cerveza o un vaso de vino barato eran ahora bares completos con equipos de sonido en los que retumbaban hasta el amanecer sevillanas y músicas de discoteca. Los bares ponían la música a todo volumen y servían sin control bebidas alcohólicas pero no tenían servicios sanitarios ni se responsabilizaban de la basura que dejaban sus clientes. Como los juerguistas eran mayoritariamente jóvenes, ningún político, ninguna autoridad, consideraba conveniente, o avanzado, tomar alguna medida que pudiera interpretarse como una censura contra la juventud. Levantar la voz contra aquella degradación de la vida cívica lo convertía a uno en algo peor que un reaccionario: en un aguafiestas. Y si hay algo en España de lo que no se puede disentir es del totalitarismo de la fiesta, en el que se confunden con entusiasmo idéntico la izquierda y la derecha.

27

Se podía ser casi cualquier cosa, menos aguafiestas. Es una palabra rotunda que no sé si tiene mucha equivalencia en otros idiomas, o si es frecuente en otras áreas de la lengua española. Se era aguafiestas por cualquier motivo, todos imperdonables. Se podía ser aguafiestas por criticar los despliegues de gasto de la Expo de Sevilla o de la Olimpiada de Barcelona o tan sólo por no mostrar el suficiente entusiasmo. Se era aguafiestas por indignarse contra la grosería de la televisión basura, incluso por hablar de televisión basura, por denunciar el efecto degradante que esa televisión ha tenido y sigue teniendo sobre la vida española. Se era aguafiestas sin remisión si no se apoyaba la libertad de horario de los bares o si se sugería el contrapunto de responsabilidad personal y sentido del deber que se corresponde con cualquier derecho en la sociedad democrática: el deber de estudiar para quien disfruta de la enseñanza pública, la responsabilidad de los padres en la educación de sus hijos, la de cualquier usuario de un servicio costeado por todos, la limpieza de las calles, la asistencia sanitaria, el transporte público.

Para no correr el peligro de que los llamaran aguafiestas, docenas de intelectuales, casi todos ellos residentes en urbanizaciones pacíficas de las afueras, firmaban manifiestos de repulsa cada vez que había una tentativa de limitar el ruido de los bares o los desmanes de la borrachera colectiva en el centro de Madrid. Era aguafiestas quien ponía una objeción a la malla tupida de justificaciones e indulgencias políticas que disculpaban cualquier abuso cometido por la franja más incivil de la ciudadanía. Hubo unos años en los que el ruido y la velocidad agresiva de las motos eran un tormento en una ciudad de calles tan estrechas y tráfico tan difícil como Granada. No dejaban descansar ni dormir con el estruendo del escape libre, se saltaban sin ningún miramiento los pasos de peatones, invadían las aceras. Un concejal conocido mío —un antiguo profesor de instituto que poco a poco se fue acomodando en la política y ya no regresó nunca al aula— me explicó que había una ordenanza municipal contra la anarquía de las motos, pero que no se aplicaba. La explicación no la he olvidado después de más de veinte años:

—Con lo oprimidos que ya están los jóvenes por el Sistema —lo dijo con mayúscula—, ¿cómo quieres que nosotros, desde el ayuntamiento, los machaquemos todavía más?

Oprimidos por el Sistema y por la España invasora, durante muchos años un cierto número de jóvenes del País Vasco se dedicaron regularmente, entre otras actividades recreativas de los fines de semana, a quemar cajeros automáticos y autobuses del transporte público lanzándoles cócteles molotov, lo cual les depararía la emoción patriótica de participar en una especie de intifada o de guerrilla urbana sin correr peligro alguno: los policías presenciaban sus heroicidades desde cierta distancia, los bomberos venían a apagar el fuego, los bancos y cajas de ahorros reponían calladamente los cajeros y los ayuntamientos compraban nuevos autobuses, de la misma excelente calidad que los anteriores: dijo por entonces Fernando Savater que el País Vasco era el único lugar del mundo en el que existía el derecho no sólo a disfrutar magníficos autobuses de transporte urbano, sino además a quemarlos. Los aguafiestas eran tan inaceptables que cuando los terroristas mataron a un pobre hombre que dirigía una comparsa en el carnaval de su pueblo el ayuntamiento decidió que las fiestas no se suspendían. Y muy pronto fue cosa de aguafiestas, no de personas partidarias de la separación entre la iglesia y el estado, quejarse de la participación de las autoridades democráticas en las celebraciones religiosas.

28

Que la derecha fuera castiza, obsesionada con las tradiciones, servil hacia la religión, era previsible en un país atrasado, en el que un poder político inmovilista y brutal llevaba siglos de alianza con la iglesia católica. Lo extraordinario fue, en esa época de mutaciones, la rapidez con que la izquierda pasó del laicismo y del anticlericalismo a una especie de fervor indiscriminado por todos los rituales heredados de la teatralidad militante de la Contrarreforma, sobrevividos no por el arraigo de la fe o por la vitalidad de la cultura popular sino por el atraso económico, la ignorancia y el aislamiento del mundo exterior.

En las rebeliones de la adolescencia uno había renegado simultáneamente del peso de la religión y de la opresión soez de la dictadura. Porque la iglesia católica era aliada y beneficiaria del régimen de Franco uno sentía el mismo asco hacia los dos. Y el mismo instinto de modernidad que nos llevaba a dejarnos el pelo largo y a escuchar música pop nos alejaba de aquellas solemnidades litúrgicas en las que muchos de nosotros veíamos la herencia fósil de un pasado que sería abolido en cuanto la libertad irrumpiera en nuestro país.

29

Me acuerdo de un Viernes Santo, en Úbeda, quizás en 1973 o en 1974. Encerrados en casa de alguien un grupo pequeño de amigos leíamos por turno en voz alta y comentábamos un documento clandestino, el *Manifiesto-Programa* del Partido Comunista. Aquellas páginas mal impresas en un tiempo anterior a las fotocopiadoras nos estremecían como pruebas tangibles de una resistencia que al mismo tiempo nos atraía románticamente y nos llenaba de miedo. En qué imprentas secretas se habrían editado, por qué caminos subterráneos de heroísmo y peligro habían llegado hasta nosotros. Discutíamos sentados en el suelo porque nos parecía menos burgués que sentarnos en sillas o en sofás. Dilucidábamos el significado de la *Huelga Nacional Pacífica* o de la *Alianza de las Fuerzas del Trabajo y de la Cultura* o la primacía de la infraestructura económica sobre las superestructuras políticas. A pesar de nuestra cautela teníamos que levantar las voces para entendernos —en la calle, debajo de la ventana, estaba discurriendo una procesión de Semana Santa, con gran estrépito de trompetas y tambores—. Reunidos en aquel cuarto lleno de humo de tabaco en el que imaginábamos el porvenir con impaciencia apasionada, nada podía resultarnos más lejano que el espectáculo que sucedía en la calle. Marx tenía razón: la religión era el opio del pueblo. Guardias civiles en uniforme de gala, fusiles al hombro y tricornios de charol, custodiaban el trono barroco con la imagen de Jesucristo crucificado. Hasta nosotros llegaba el olor de los cirios y el del incienso que ardía en los pebeteros de los tronos. En la cabecera de la procesión las autoridades del ayuntamiento y de la Falange marchaban al unísono con los curas, escenificando la alianza entre el poder político y la iglesia tan impúdicamente como cuando el dictador entraba bajo palio en una catedral.

Cinco o seis años después de aquella tarde de Viernes Santo, en 1979, en el ayuntamiento de nuestra ciudad gobernaba un alcalde socialista, el primero después de la Guerra Civil. Era un hombre de pelo blanco y aire apacible, un poco inclinado, el sastre al que iba mi familia a hacerse los trajes formales de las bodas y los entierros. Se llamaba José Gámez, y cuando yo era niño lo rodeaba una confusa leyenda de persecución política. Llevaba al cuello el metro con el que tomaba las medidas, y cuando sus manos lo rozaban a uno tenían la suavidad del jaboncillo con el que dibujaba marcas en las piezas de tela. Que un hombre con aquella actitud de absorta mansedumbre hubiera estado en la cárcel y de vez en cuando fuera detenido por la policía era una de esas incongruencias que causan intriga en la imaginación infantil. Era «de ideas», decían los mayores. Lo decían en un tono que uno no podía saber si era de admiración o de lástima, pero que sugería el peligro.

El último alcalde franquista de Úbeda había sido un

gordo rico y rotundo que iba por la ciudad sentado en el asiento posterior de un Mercedes de su propiedad, conducido por un chófer que era también su criado. Aquel gordo nos parecía a nosotros *inmensamente rico*, como se decía entonces, menos una persona concreta que un símbolo de trazo grueso, como los millonarios de frac y chistera de las caricaturas. Que en 1979 llegara a ser alcalde José Gámez, nuestro sastre de siempre, con sus trajes rozados y sus hombros caídos, era un signo indudable de que a pesar de todas las incertidumbres algo estaba cambiando de verdad en España. Una de las primeras cosas que hizo al tomar posesión fue quitar el crucifijo de su despacho y anunciar que en cumplimiento de la separación entre la iglesia y el estado no volvería a haber representantes municipales en las procesiones de Semana Santa.

José Gámez, socialista austero, republicano laico que jamás quiso cobrar un sueldo como alcalde y que iba cada mañana al ayuntamiento dando un paseo desde la casa modesta en la que había vivido siempre, cumplió sus cuatro años de mandato y no volvió a presentarse a las elecciones. Se había pasado la vida esperando el regreso de la democracia y manteniendo una solitaria dignidad a través de los años negros de la tiranía, pero cuando la democracia vino y su partido pasó de la ilegalidad al poder en un plazo muy breve José Gámez descubrió que no había sitio para la gente como él. Al nuevo alcalde, también socialista, mucho más joven, le faltó tiempo para restablecer toda la pompa antigua de la participación municipal en las procesiones: y no sólo las de la Semana Santa, sino también la procesión del Corpus Christi, y la de la Virgen Patrona de la ciudad.

30

El alcalde socialista de Granada, el profesor que retrasaba un mandato tras otro la vuelta a la universidad, se vestía de gran gala y de collar de oro para subir a la Abadía del Sacromonte a la cabeza de la corporación municipal y besaba con unción el pequeño cofre que contiene las reliquias de san Cecilio, obispo y mártir apócrifo del siglo IV y patrono de la ciudad. El ayuntamiento en pleno continuaba al cabo de un siglo la tradición de ofrecer una misa de acción de gracias a la Virgen de las Angustias, a cuya protección se debió al parecer que Granada no sufriera las consecuencias del terremoto de 1883, que había arrasado una parte de la provincia, quizás aquella que no gozaba de la particular protección mariana. El dirigente socialista andaluz José García de la Borbolla declaraba en una campaña electoral que si salía elegido como alcalde su mayor ilusión era presidir la procesión del Corpus. Igual que había hecho el Generalísimo Franco, el Rey Juan Carlos I se arrodillaba cada año en la catedral de Santiago de Compostela ante la estatua del Apóstol, patrono de España desde los tiempos de su participación milagrosa como Santiago Matamoros en las batallas medievales de la Reconquista cristiana. Los concejales comunistas de Málaga se declaraban partidarios de la insumisión contra el servicio militar y al mismo tiempo protestaban porque los soldados de la Legión habían dejado de desfilar junto a los tronos de la Semana Santa. Durante la Semana Santa la televisión pública andaluza empezó a transmitir en directo y sin descanso procesiones, cosa que no había hecho nunca la televisión franquista.

La tradición integrista española había proclamado durante siglos la religión católica como uno de los pilares de la identidad nacional. La disidencia política se había asimilado a la herejía. Ser liberal en el siglo XIX y defender la separación entre la iglesia y el estado o la libertad de cultos equivalía a ser menos español o directamente a no serlo. Algunas de las mejores energías progresistas se habían consagrado al empeño de limitar el influjo de la iglesia y de la religión católica en todos los ámbitos de la vida: a rescatar la educación del poder de las órdenes religiosas y a imponer la primacía de la ley civil. Por definición una cultura democrática debería ser laica, y un país soberano no podía aceptar la hegemonía de una sola confesión religiosa, por muchos fieles que tuviera, por muchos siglos de arraigo que esgrimiera como argumento para exigir privilegios. Que la derecha española no se haya desembarazado de la reverencia servil hacia la iglesia católica o del entusiasmo por sus rituales no tiene nada de extraño. Que la izquierda los abrazara con tanta convicción fue otra de las grandes sorpresas que nos deparó el cambio de los tiempos.

La religión ya no era el opio del pueblo. La religión era ahora una parte de las culturas vernáculas, de las identidades colectivas inmemoriales que era preciso rescatar o preservar: incluso inventar, si era preciso, y literalmente al precio que fuera; porque ahora el dinero público que había empezado a fluir con tanta abundancia y a financiar tantos simulacros, fiestas, protocolos, solemnidades, efemérides, también se dedicó a pagar las facturas crecientes de las celebraciones católicas. Por cobardía ideológica, por falta de verdaderas convicciones laicas, por oportunismo electoral, la izquierda en el poder se volvió cómplice de las liturgias aparatosas de la iglesia y secundó y fortaleció su ocupación de los espacios públicos. En Granada, hacia mediados de los ochenta, un concejal comunista enamorado de las pompas barrocas inventó una *Ofrenda Floral* a la Virgen de las Angustias: un día determinado, creo que en septiembre, particulares, instituciones, colegios profesionales, cofradías, escuelas, equipos deportivos, llevaban ramos y coronas de flores que iban cubriendo poco a poco la fachada entera de la basílica de la Virgen. El entusiasmo de los medios fue inmediato: los periódicos de la ciudad invitaban a participar en la convocatoria y publicaban imágenes de las ofrendas en la primera página; las emisoras de radio la transmitían en directo. Al cabo de dos o tres años aquella iniciativa ya se había convertido en una tradición de la ciudad. Lo decía el periódico, lo repetían los locutores en la televisión y en la radio: «la tradicional ofrenda a la Virgen de las Angustias».

En un país sofocado durante siglos por la omnipresencia de la iglesia católica era urgente una pedagogía visual que marcara la separación educada y tajante entre la religión y la vida cívica. Pero ahí siguen, al cabo de los años, los representantes de la soberanía popular marchando con paso solemne delante de los cristos y las vírgenes, asistiendo a misas y recitando votos de fe y rogativas, solicitando en público la protección divina, como si no hubiera en España otros creyentes que los de la religión católica, como si sólo hubiera creyentes. Y ahora que estamos en quiebra y que no hay dinero para pagar lo más necesario habría que calcular cuánto dinero público se ha gastado desde 1979 en la opulencia de las semanas santas y los corpus christis y los rocíos y las ofrendas florales, en sufragar nuevos mantos bordados de vírgenes y nuevos pasos procesionales, en transmitir en directo por las televisiones oficiales los desfiles de todas y cada una de las cofradías.

Pero quizás ese dinero no sea nada en comparación con todo el que reciben los colegios religiosos: debajo del carnaval de todas las entrañables fiestas y tradiciones católicas se esconde uno de los mayores expolios y de los mayores escándalos de la democracia española: con dinero público se subvenciona al cien por cien la enseñanza religiosa; las escuelas religiosas privadas se sostienen con los impuestos de todos, no con las contribuciones de los fieles de cada confesión que quieran educar en ella a sus hijos; en financiar el privilegio y la educación religiosa se van los fondos que por ser de todos deberían sostener la enseñanza pública.

31

La religión era ahora una parte de la propia cultura; una seña de identidad que sólo los más negros aguafiestas se atrevían a poner en duda. Y las señas de identidad había que buscarlas allá donde fuera, exhumarlas, recuperarlas, reconstruirlas.

En algún momento de aquellos años la cultura dejó de ser algo que una persona adquiría con su esfuerzo personal y se convirtió en el ámbito colectivo en el que se nacía; ya no era un proyecto, sino un destino; una vuelta a la comunidad del origen y no una solitaria emancipación; recluirse en los límites en vez de asomarse al mundo. Una cultura personal se adquiere con mucho tesón y mucho esfuerzo a lo largo de la vida, igual que se adquiere la destreza para tocar un instrumento o hablar un idioma extranjero: una cultura autóctona se posee tan sólo por nacer en ella. En otras épocas la derecha había creído en las esencias, la izquierda en los devenires; la derecha en lo originario y lo inamovible, la izquierda en lo que se construye sobre la marcha, en lo que puede hacerse mejor. La derecha, desde el Romanticismo alemán, había celebrado lo autóctono; la izquierda, lo universal; la derecha, la lealtad a la tierra y a la sangre; la izquierda, el internacionalismo y la ciudadanía del mundo.

Porque éramos rebeldes mis amigos y yo queríamos marcharnos cuanto antes de nuestra tierra natal y a ser posible no volver nunca a ella, aprender otras lenguas, mezclarnos con desconocidos, perder el acento rústico que nos delataba, escapar de las tradiciones casi siempre eclesiásticas que nos habían agobiado desde niños. El orgullo de lo autóctono nos parecía una señal infalible de estupidez, algo tan ajeno a nosotros y tan digno de burla como la retórica caduca de los juegos florales, o como aquellas pegatinas palurdas que se había puesto de moda llevar en la ventanilla trasera del coche: *Zoi andalú, cazi ná, No me toques el pito que me irrito, De Madrí al cielo, Viva a Santiña, Covadonga, cuna de España.*

No había muestra de folclore que no nos pareciera pavorosa y que no asociáramos a la roña de la dictadura: los coros y danzas, las gaitas, las castañuelas, los tocados regionales, el sombrero cordobés, cualquier forma de tocado vernáculo. No sin asombro fuimos descubriendo, desde la llegada de la democracia, que toda aquella quincalla regresaba convertida en cultura popular, y que ahora lo correcto no era irse, sino quedarse, y si hacía falta regresar, y celebrar como propias las mismas cosas que no mucho tiempo atrás parecían antigualIas lamentables.

«Olvidadizo de que ya lo era, quise ser argentino», dice Borges recordando el fervor nacionalista de su primer regreso a Buenos Aires. Hasta entonces nosotros habíamos querido ser cosas muy variadas, casi siempre quiméricas, ser extranjeros, ser literatos, ser apátridas, ser seductores de mujeres, ser militantes comunistas, ser corresponsales internacionales, ser ciudadanos libres. En ningún momento se nos ocurrió que debiéramos empeñarnos en ser andaluces, y en serlo de una cierta manera obligatoria: que el origen, aparte de algunas lealtades sentimentales, debiera dictar una inapelable identidad política, o que pudiera ser fuente de orgullo.

32

Es misterioso que una izquierda que venía del laicismo de la II República abrazara con tanta convicción las celebraciones de la iglesia católica, y aceptara tan servilmente respetar cada uno de sus privilegios, no sólo entregándole el control de una parte de la educación sino además pagándole para que lo ejercitara, a costa de la educación pública. Pero es más misterioso todavía que viniendo de la doble tradición del universalismo ilustrado y del internacionalismo obrero la izquierda se convirtiera tan velozmente, tan integralmente, a la superstición nacionalista por las identidades colectivas.

No se trata de la defensa justa de un idioma y de una cierta forma de gobierno. Para amar una lengua y defender su perduración y su vitalidad no hace falta considerarla la emanación del alma de un pueblo; ni siquiera creer en las almas, ni en los pueblos. Ahora nadie quiere recordarlo, pero en los años setenta, antes y después de la muerte de Franco, toda la resistencia española era favorable a la autonomía de Cataluña, del País Vasco y de Galicia. Aspirábamos a ellas como a una parte de la libertad común. El grito de Libertad, Amnistía, Estatuto de Autonomía, no se coreaba sólo en Barcelona. Algunos de los recuerdos más poderosos que muchos de nosotros tenemos de aquellos tiempos son los de los recitales de Raimon, de Lluís Llach, de Pi de la Serra. En un recital de Lluís Llach en Granada, en 1977, se agitaban muchas más banderas catalanas que andaluzas, entre otras cosas porque en esa época muy poca gente reclamaba estatutos de autonomía para territorios que no fueran los que entonces se llamaban en exclusiva las nacionalidades. Y también me acuerdo de la conmoción con que recibíamos las noticias de abusos y torturas en el País Vasco durante el estado de excepción que se declaró allí en 1974.

En la cultura española del antifranquismo el brillo de Cataluña y de Barcelona lo permeaba todo. Escuchábamos los discos y asistíamos en masa a los recitales de canción en catalán, igual que a las actuaciones de las compañías de teatro catalanas. Recuerdo la primera vez que escuché *Al vent* tan claramente como la que escuché

Blowin' in the Wind, con un estremecimiento parecido de rebeldía y clandestinidad. Los más inclinados a la contracultura leían tebeos y escuchaban discos de rock que venían de Barcelona. En mi tierra de Jaén y en las familias campesinas no había nadie que no tuviera parientes trabajando en Cataluña. Viajar a Barcelona en aquellos años, en aquellos trenes que tardaban desde el sur una noche entera y gran parte de un día, era sentir por anticipado el mareo físico de la libertad, y no sólo de la libertad política. Los lectores del semanario *Triunfo*, que nos educó casi siempre para bien y en ocasiones para mal, conocíamos de cerca el catalanismo progresista de Jordi Solé Tura, de Alfonso Carlos Comín, de Manuel Vázquez Montalbán. Y los que teníamos vocación por la literatura descubríamos con sorpresa y alivio la desenvoltura del castellano fronterizo y por lo tanto empapado de catalán en las novelas de Juan Marsé y luego en las de Eduardo Mendoza, en los poemas de Jaime Gil de Biedma, una lengua menos rígida y menos retórica, con una intuición del español tan libre de las novelas de América Latina. Era nuestro mismo idioma y parcialmente era otro. La autonomía de Cataluña y la plena libertad del catalán formaban parte indisoluble de la ambición común de las libertades civiles. No era que uno se solidarizara con la causa de otros; era la misma causa la que compartíamos.

33

Escribo dejándome llevar. El propio acto de escribir desata a la vez los argumentos y los recuerdos. La urgencia de comprender y de intentar explicarme a mí mismo el presente me devuelve fragmentos del pasado. En marzo de 1974 fui detenido y encerrado durante unos días en los calabozos de la Dirección General de Seguridad por participar en una manifestación contra la condena a muerte del anarquista catalán Salvador Puig Antich. Durante semanas, según se acercaba el cumplimiento de la sentencia, se habían repetido las protestas, se había extendido por todas partes una ola de incredulidad y de rabia. En la prensa, a pesar del miedo, porque el gobierno podía cerrar de la noche a la mañana un periódico, se publicaban ya muchas cosas. *Triunfo* y *Cambio 16* salían cada semana, *Cuadernos para el Diálogo* todos los meses. Los antifranquistas comprábamos a diario *Informaciones*. En cada uno de esos medios se publicaron protestas veladas o explícitas contra la ejecución. Hasta Camilo José Cela escribió un artículo contra la pena de muerte que recuerdo claro y valiente. En la Ciudad Universitaria de Madrid varios cientos de personas cortamos el tráfico de la avenida Complutense. Helicópteros y policías a caballo nos pusieron en fuga. Los más torpes o los más aturdidos no llegamos muy lejos. El calabozo en el que me encerraron estaba lleno de gente detenida durante la manifestación. Había un sordo clamor cívico contra la bestialidad de la dictadura, que hizo ejecutar el mismo día y a la misma hora a Puig Antich y a un pobre delincuente común, un polaco del que sólo recuerdo que se llamaba Heinz Chez.

El nombre ha saltado intacto en la memoria, después de casi cuarenta años sin recordarlo. Heinz Chez. Hace no mucho vi en televisión una película que se hizo en 2006 sobre Puig Antich, *Salvador*. Algo me llamó la atención: en esa película, las únicas protestas que aparecían pasaban en Cataluña. Las víctimas, los buenos, eran catalanes y hablaban en catalán. Los policías, los militares, los ejecutores, hablaban en español. No era una historia de fascismo y antifascismo, sino de españoles contra catalanes. O más exactamente: ser español y ser fascista era tan congénito como ser catalán y estar limpio de complicidad con la dictadura. Nadie que no fuera ostensiblemente catalán mostraba la menor humanidad. Los manifestantes que aquel día de marzo gritábamos y corríamos en Madrid perseguidos por los caballos y vigilados desde arriba por los helicópteros de la policía no habíamos existido. Tampoco las personas que fuera de Cataluña se habían jugado la libertad escribiendo artículos, firmando manifiestos. Los carceleros, los policías que interrogaban y torturaban a Puig Antich, tenían en la película un acento andaluz de caricatura.

Primero se hizo compatible ser de izquierdas y ser nacionalista. Después se hizo obligatorio. A continuación declararse no nacionalista se convirtió en la prueba de que uno era de derechas. Y en el gradual abaratamiento y envilecimiento de las palabras bastó sugerir educadamente alguna objeción al nacionalismo ya hegemónico para que a uno lo llamaran facha o fascista.

No tengo nada contra el nacionalismo, igual que no tengo nada contra la religión, o contra el creacionismo. Allá cada cual con sus creencias. Tan sólo prefiero que las leyes me protejan para que los partidarios de cada una de ellas no tengan la potestad de imponérmelas. Después de un viaje a Irlanda Borges notó educadamente que los irlandeses vivían «dominados por la extraña pasión de ser incesantemente irlandeses». Que los nacionalistas vivan subyugados por las mitologías patrióticas del origen y por la obsesión de la pureza es comprensible. Que la izquierda no sólo les apoye en cuanto se le presenta la ocasión sino que además los imite en cada uno de sus desvaríos y se esfuerce en ir todavía más lejos es un enigma que por cansancio yo he renunciado a explicarme.

Los sistemas de creencias totales segregan defensas que desactivan al adversario con el automatismo de los anticuerpos o de las espinas o las sustancias tóxicas de las plantas. No hablo de oídas: lo sé por experiencia propia. También yo viví durante algunos años vacunado contra cualquier objeción a la ideología marxista o a los regímenes comunistas. Si después de muchos retorcimientos mentales se les reconocía una carencia, un defecto, la culpa se atribuía inmediatamente al enemigo. Si no hubiera sido por la agresión y el acoso de las potencias capitalistas la Unión Soviética no se habría visto forzada a replegarse en el estalinismo. Quizás en Cuba se cometían algunos abusos pero la culpa era del bloqueo de Estados Unidos. En el País Vasco, después del final de la dictadura, después de la amnistía de 1977, los patriotas armados mataban con más saña y más frecuencia que nunca, pero aun así eran inocentes de la sangre derramada: la culpa caía sobre las mismas víctimas, agentes y cómplices de la opresión.

De modo que no hace falta tomar en serio o rebatir las ideas de quien lleva la contraria: su propia actitud es la prueba de que está equivocado. El creyente no puede concebir que alguien honradamente o en su sano juicio no lo sea. Quien disiente del nacionalismo ha de ser sin remedio un nacionalista español. Y casi nadie está dispuesto a sobrellevar este estigma. No ser nacionalista en España es casi peor que ser aguafiestas.

Hay nacionalistas españoles, desde luego, y pueden ser bastante desagradables; pero no por españoles, sino precisamente por nacionalistas: por repetir como en un espejo los ademanes de intransigencia simétrica de sus adversarios; por compartir con ellos el fetichismo del origen, la obsesión por la pureza, la creencia religiosa en un pueblo intachable y heroico que se ha mantenido idéntico a sí mismo desde la prehistoria, a pesar del acecho sin descanso de ese conveniente enemigo que tiene la culpa de todas sus desgracias, que reúne en su extranjería radical todas las formas de la inferioridad y la vileza.

El franquismo había propagado una idea beata, cuartelaria y folclórica de España, heredada de la tradición reaccionaria del siglo XIX, con un barniz apresurado de los fascismos del XX, el italiano más que el alemán. Pero sus raíces más profundas venían de más antiguo, de la manía española por la limpieza de sangre, por una pureza paranoica que se definía por la negación no de los otros —judíos, moros, herejes— sino de una parte de uno mismo, la que inevitablemente estaba contaminada por la cercanía, por el parentesco. A los moros y a los judíos se les podía expulsar, igual que se podía quemar a los herejes, pero ni la expulsión ni la quema borran la conciencia íntima de que se ha convivido durante demasiados siglos como para que quede alguien libre de mezcla.

Bendecidos nada menos que por el papa Pío XII como héroes en una nueva Cruzada, los sublevados en 1936 se encontraron ejerciendo una victoria quirúrgica, un patriotismo por amputación. En el siglo XVI el judaísmo había dejado de ser una confesión religiosa para convertirse en una infección hereditaria en la sangre. Un credo religioso puede cambiarse. Uno es judío y se hace cristiano y desde el momento del bautismo ya pertenece a la nueva comunidad. Pero si el judaísmo, la herejía, la impureza, se llevan en la sangre y se transmiten en el nacimiento, ya no existe remedio, ya no hay concordia posible.

En la retórica escalofriante de la Guerra Civil al enemigo se le atribuye una maldad biológica. El exterminio es una cirugía necesaria. No hay otra idea, otras ideas posibles de un país en el que por regla natural caben posiciones muy diversas, incluso enconadas. Está España y está la anti-España, como en las teologías apocalípticas de Cristo y el anticristo. No caben grados intermedios ni posibilidades de compromiso o arreglo en esta división binaria del mundo. Cualquier mezcla es una amenaza, y no hay mancha que no sea irreparable; cualquier muestra de debilidad es una cobardía; una tentativa de acuerdo equivale a una traición. Es su negación puritana y tajante de todo lo que parezca español el rasgo más español de los nacionalistas que niegan no sólo cualquier atisbo de lealtad a España sino la misma existencia de ese país cuyo nombre no pronuncian nunca, a no ser como insulto.

34

Con la formación de las comunidades autónomas el mimetismo nacionalista se instaló en todas partes. Un país puede organizarse de manera federal o unitaria, con variantes y grados intermedios: cada modelo tiene ventajas e inconvenientes, y quizás la única forma de compensar los unos con las otras es una delimitación precisa de lo que es común y lo que es particular, un reparto claro y simple de responsabilidades, en el que no puede faltar el cálculo del costo económico y de la eficacia operativa. Lo extraordinario de nuestro país fue la rapidez con que cualquier apelación a los valores comunes quedó desacreditada o borrada en el debate público, igual que desaparecieron los mapas de España de los libros escolares y de los informes meteorológicos en las televisiones autónomas. Una carrera tumultuosa en busca de las diferencias y de las identidades tuvo como resultado la unanimidad casi perfecta entre todas ellas. Ninguna comunidad podía tener una historia o una prehistoria menos antigua que cualquier otra; ninguna merecía menos prerrogativas ni poderes. Y en todas ellas, a imitación de Cataluña y del País Vasco, se alimentaba el mito de un paraíso original y de una comunidad primitiva que había sabido mantenerse idéntica al cabo de los siglos y a la vez abrirse al mundo exterior y adaptarse a los cambios de los tiempos modernos —pero que en algún momento había sufrido la invasión española, razón de su desgracia y su cautiverio, del que muy pronto emergería liberada; una de las más graves perfidias del invasor había sido la supresión de la cultura autóctona: recuperarla era una de las tareas más urgentes de la construcción nacional.

Pueblos felices habitaban cada uno su rincón privilegiado de la tierra hasta que llegaron los brutales españoles. Previamente esos pueblos ya se habían resistido con éxito a la romanización: los cántabros, los astures, los vascones, los antepasados celtas de los gallegos. Los guanches canarios eran altos y rubios, valerosos pero también pacíficos. Los españoles practicaron con ellos su habitual propensión al genocidio: pero los canarios actuales son descendientes de los guanches, no de los españoles, lo cual les asegura la pureza de sangre, aun al precio de la incongruencia del mito. Andalucía remonta su antigüedad a la próspera civilización de Tartessos; pero los andaluces también tenemos en nuestro origen a los musulmanes de la Edad Media, tan avanzados que disfrutaban de baños públicos y bibliotecas cuando en otras tierras apenas se salía de las cuevas o las chozas, tan tolerantes que fueron los inventores del multiculturalismo, al celebrar la convivencia entre judíos, musulmanes y cristianos, las tres culturas que aún hoy son un ejemplo para el mundo.

No hay mérito que no quede reforzado por la comparación con los defectos de los otros: el cosmopolitismo catalán brillará más por contraste con la rudeza mesetaria; los sultanes andaluces habitaban en palacios de mármol y se bañaban a diario en agua perfumada con jazmines mientras los reyes de León vivían en toscos castillos con estiércol y paja por los suelos. Lástima que nos invadieran y nos derrotaran los bárbaros ejércitos castellanos, que cercenaron a mano armada en 1492 la feliz autodeterminación de Andalucía, imponiéndonos todas nuestras desgracias actuales, entre ellas el latifundismo y el atraso económico, etc.

Cada patria secularmente agraviada necesita una derrota que tenga algo de sacrificio y por lo tanto de promesa de redención: la toma de Granada por los Reyes

Católicos en 1492 es como la derrota del héroe catalán Rafael Casanova en 1714, como la de los patriotas serbios en la batalla de Kosovo en 1389: la herida del rey Amfortas que no deja de supurar, el infortunio que asegura la unión sacramental del pueblo, que prefiere la autoinmolación al sometimiento; Blas Infante asesinado en la cuneta de una carretera al principio de la Guerra Civil; Companys entregado a Franco por la Gestapo.

Cambian las banderas y las épocas, el nombre del pueblo sacrificado y el del enemigo, pero no el drama aleccionador, el sobrecogimiento de saber lo que nuestros antepasados hicieron por nosotros: en la escuela a la que yo iba de niño la España eterna también se había acrisolado en el martirio de José Antonio Primo de Rivera y en la resistencia de Sagunto contra los cartagineses y de Numancia contra los romanos. Cuando los curas vascos comparaban a los terroristas muertos o encarcelados con Jesucristo en la cruz estaban reiterando el mandamiento más sórdido del nacionalismo, el que desfigura los hechos históricos para adaptarlos a una épica religiosa de la celebración de la sangre.

El coraje patriótico llevado hasta el sacrificio personal convierte místicamente la derrota en redención. La sagrada derrota exige rememoraciones y ceremonias, banderas, coronas de flores, llamas perennes. Cualquier objeción a ese derrame emocional es un acto de complicidad con el agravio, una toma de partido por los agresores. El sacrificio está sucediendo o a punto de suceder siempre, y la historia es una reiteración del presente eterno de la mitología. A nosotros nos contaban en la escuela que en el Alcázar de Toledo el coronel Moscardó había aceptado la muerte de su propio hijo antes de rendirse, exactamente igual que muchos siglos antes Guzmán el Bueno había arrojado desde la muralla de Tarifa su propio puñal a los sitiadores moros que lo amenazaban con degollar a su hijo si no entregaba la plaza. En Zaragoza, en 1808, la resistencia y la inmolación habían sido idénticas a la de Sagunto o Numancia. Que el ejército invasor fuera cartaginés o romano o napoleónico era tan secundario como los siglos transcurridos. La Guerra Civil había sido una reiteración de las Cruzadas y de la Reconquista. Porque eran tan esencialmente españoles como los numantinos del siglo II antes de Cristo, o los zaragozanos de 1808, los guardias civiles sitiados por milicias republicanas en el Santuario de la Virgen de la Cabeza en 1936 se comportaron con el mismo arrojo y prefirieron la muerte a la rendición.

No hay hecho del pasado que no pueda prefigurar el presente, y el nosotros de ahora viene de un linaje no interrumpido nunca. Los moriscos que se sublevaron en las Alpujarras en 1571 eran andaluces en temprana rebeldía contra el centralismo de Madrid. Las pinturas neolíticas en las cuevas de Levante son una muestra anticipada de la misma creatividad artística valenciana que resplandece en nuestros días.

En general el Neolítico y el Paleolítico gozan de gran prestigio en las leyendas nacionales: una Historia reciente de España lleva como subtítulo «*De Atapuerca al euro*»; España ya era España mucho antes de que hubiera españoles, incluso centenares de miles de años antes de que existiera el *Homo sapiens*. Más modestamente, el penúltimo presidente del gobierno vasco remontaba al Neolítico la antigüedad de su pueblo. Cuando a un pistolero que ha matado de un tiro en la cabeza a un hombre desarmado que tomaba café o venía de comprar el periódico le llaman *gudari*, no sólo están identificándolo con los voluntarios vascos de la Guerra Civil: en el presente idéntico al pasado cercano y al pasado remoto el pistolero de ahora es el *gudari* de 1936 y uno de aquellos vascones que no se rindieron nunca a las legiones romanas.

35

Victimismo y narcisismo son los dos rasgos del nosotros intacto que las clases políticas y sus aduladores y sirvientes intelectuales han levantado en cada comunidad, proscribiendo o dejando al margen no sólo cualquier referencia favorable al marco político común sino casi cualquier noción adulta de ciudadanía. El lugar de nacimiento no es un hecho accidental, sino una marca del destino y un motivo de orgullo. Sin hacer más esfuerzo que el de ser de donde eres ya posees el privilegio de un origen único, que por un lado te ofrece la confortable posibilidad de contarte entre los perseguidos, las víctimas y los héroes sin necesidad de padecer personalmente ningún sufrimiento.

Lo que te falta es porque te lo han quitado ellos, los opresores extranjeros; de lo que va mal son ellos los que tienen la culpa. Ellos quemaban herejes, invadían América, exterminaban a los indios, expoliaban aquellas tierras igual que han expoliado la tuya, eran xenófobos, eran sexistas, practicaban el tráfico de esclavos, carecían de conciencia ecológica, no se cambiaban de ropa interior. Mientras tanto, tu pueblo, que ha amado siempre la paz pero que no ha dudado en levantarse en armas cuando se lo agredía, que ha recibido siempre cordialmente al forastero pero nunca ha perdido ni dejado que se diluyera su idiosincrasia, ha hablado la lengua más antigua del mundo, ha creado las rutas comerciales más civilizadas y prósperas por todo el Mediterráneo, ha pintado las cuevas de Altamira, ha inventado esa maravilla única de comunicación que es el silbo canario, ha forjado las primeras muestras escritas de la lengua castellana, ha cultivado con el mismo éxito las artes, las ciencias, el regadío, los deportes, ha vivido en armonía con la naturaleza, ha levantado la mezquita de Córdoba, la Alhambra, la Sagrada Familia, la catedral de Santiago de Compostela, los monumentos megalíticos de Mallorca, ha sido considerado el más hospitalario de la Tierra, ha mantenido caminos de peregrinación que ya existían antes del imperio romano, ha manifestado siempre un respeto especial por la igualdad de la mujer y quizás hasta por los derechos de las minorías étnicas y sexuales, ha practicado desde muy antiguo formas de vida comunitaria y democrática, ha criado razas de gallinas o de burros o de abejas tan singulares que no existen en ninguna otra parte, y que desde luego no tienen nada que ver con las mediocres razas de gallinas y burros y abejas españolas, ha preservado esas tradiciones que por fortuna siguen vivas todavía, o puede que hayan tenido que ser recuperadas del abandono en que cayeron por culpa de la malevolencia de los ocupantes, danzas, cantos, costumbres, indumentarias, recetas de cocina, carreras de toros, cultos marianos, deportes autóctonos, que por su belleza y su autenticidad no tienen comparación en el mundo.

Que la mayor parte de todas esas tradiciones ancestrales fueran inventadas, como en el resto de Europa, hacia la segunda mitad del siglo XIX, cuando no ya bien entrado el XX, no tiene ninguna importancia. Lo que algún historiador llama «el envejecimiento del presente» responde a una idea halagadora del tiempo que permite sufrir siempre como recién recibidos agravios que, si fueron ciertos, los padecieron otros hace siglos: pero también celebrar como propios, y envanecerse de ellos, logros o aciertos de desconocidos que llevan muertos miles de años, y que sin embargo forman parte de ese nosotros entre publicitario y místico del narcisismo colectivo.

36

Habría que hacer un catálogo de cada uno de los eslóganes que los llamados creativos de la publicidad han inventado a lo largo de todos estos años con el propósito exclusivo —aparte del de llevarse grandes cantidades de dinero público— de reforzar ese sentido de la pertenencia, el nosotros enfático que se sostiene en la complacencia y en el rechazo, que neutraliza la crítica, que hace imposible cualquiera de esos proyectos necesarios y de gran calado que nos beneficiarían a todos.

Hace unos años, en la televisión, en páginas enteras de periódicos, se emitió a lo largo de meses una campaña que no se sabe si intrigaba más por su perfecto vacío o por el cálculo del dinero que habría pagado por ella el gobierno regional: *Somos Extremadura.* (Una breve búsqueda en Internet disipa ambas incertidumbres: la campaña costó 4,6 millones de euros; su significado lo explica no sin fervor un probable experto en comunicación audiovisual: «El principal objetivo es mostrar las bondades de la comunidad autónoma, no sólo para el turismo experiencial, sino también para la economía y los negocios sostenibles y el compromiso con el medio ambiente. De hecho, en esta crisis que vivimos, Extremadura se muestra como un modelo sólido a seguir, basado en un crecimiento comprometido y sostenible, basado en el equilibrio logrado en todas sus variables. Esta filosofía es el sello de identidad de Extremadura y en su imagen no sólo engloba la riqueza de sus pueblos y sus gentes, sino aquellos intangibles emocionales que son la marca de la región.») Quizás la había inspirado otra campaña catalana de los años ochenta: *Som sis milions.* Incluso la televisión de la impracticable entelequia regional de Madrid optó por el fervor del nosotros: *Espejo de los que somos.* Dado el carácter esperpéntico de una parte de los programas de esa televisión y de los figurones políticos que aparecen en ella, el espejo parece que alude a los del callejón del Gato.

37

Pero hasta las consignas más vacuas de la publicidad palidecen en comparación con los arrebatos poéticos de las introducciones a los estatutos de autonomía, género literario sometido a un injusto anonimato, y que reverdeció en el pasado remoto de hace unos años, cuando el nuevo estatuto de Cataluña sembró en las clases políticas de todas las demás comunidades la urgencia de no quedarse atrás. George Orwell decía que un idioma se vuelve feo e inexacto por transmitir pensamientos idiotas, pero que la negligencia misma en el uso de la lengua produce la idiotez. Hay que encomendarse a Orwell antes de leer los siguientes párrafos extraídos de los nuevos estatutos de Andalucía, Extremadura, Aragón, Cataluña y Castilla y León:

> *Andalucía, a lo largo de su historia, ha forjado una robusta y sólida identidad que le confiere un carácter singular como pueblo, asentado desde épocas milenarias en un ámbito geográfico diferenciado, espacio de encuentro y de diálogo entre civilizaciones diversas.* [...] *Andalucía ha compilado un rico acervo cultural por la confluencia de una multiplicidad de pueblos y de civilizaciones, dando sobrado ejemplo de mestizaje humano a través de los siglos. La interculturalidad de prácticas, hábitos y modos de vida se ha expresado a lo largo del tiempo sobre una unidad de fondo que acrisola una pluralidad histórica, y se manifiesta en un patrimonio cultural tangible e intangible, dinámico y cambiante, popular y culto, único entre las culturas del mundo.*

> *En los dos grandes valles del Tajo y el Guadiana, desde las cuevas prehistóricas a los centros tecnológicos, se ha ido escribiendo silenciosamente la crónica de una voluntad de sentir, pensar, ser y estar en el mundo. Una tarea de los pueblos que han ido forjando Extremadura...*

> *El Reino de Aragón es la referencia de una larga historia del pueblo aragonés que durante siglos dio nombre y contribuyó a la expansión de la Corona de Aragón. Seña de identidad de su historia es el Derecho Foral, que se fundamenta en derechos originarios y es fiel reflejo de los valores aragoneses de pacto, lealtad y libertad.*

Hace mil cien años se constituyó el Reino de León. [...] *Ya entonces, leoneses y castellanos ofrecieron al mundo ejemplos de respeto y convivencia entre las culturas diversas que poblaban estas tierras, ejemplos afianzados a menudo en los Fueros leoneses y en las costumbres y fazañas castellanas.*

Cataluña ha ido construyéndose a lo largo del tiempo con las aportaciones de energías de muchas generaciones, de muchas tradiciones y culturas, que han encontrado en ella una tierra de acogida.

El pueblo de Cataluña ha mantenido a lo largo de los siglos una vocación constante de autogobierno.

38

Tanta pringue verbal repetida durante más de treinta años tiene consecuencias prácticas que no son irrisorias. Por comparación con esa integridad originaria del pueblo que ha perdurado durante milenios, la democracia española, que sólo se remonta a la Constitución de 1978, es apenas un accidente administrativo, despojado de cualquier leyenda y de esas formas de legitimidad que dispensan los precedentes medievales o paleolíticos. El pueblo es una misteriosa entidad casi biológica dotada de rasgos comunes que lo han definido desde siempre: la comunidad política es una conjunción inestable de individuos que se vinculan entre sí mediante decisiones voluntarias, persiguiendo intereses tan diversos que rara vez se alcanza una mayoría significativa, y menos aún alguna unanimidad. Al pueblo lo definen los himnos y las lánguidas vaguedades de la prosa poética: de la ciudadanía lo que puede saberse hay que deducirlo de métodos estadísticos no siempre certeros, de resultados electorales que casi nunca son previsibles y que cambian muy rápido, de encuestas y censos. La ciudadanía es fragmentaria: el pueblo es un bloque sólido que manifiesta su voluntad con una sola voz, si bien escuchada a través de intérpretes especialmente sensibles a ella, como líderes, padres de la patria, poetas nacionales, etc. Incluso ha habido ladrones, estafadores y asesinos que aseguraban obedecer el mandato del pueblo, y sacerdotes y obispos dispuestos a corroborar esas capacidades telepáticas.

El pueblo asegura el abrigo inmediato de lo colectivo y lo inmemorial, el halago de compartir valores ancestrales. La ciudadanía, por comparación, ofrece poco más que intemperie, y cada una de sus ventajas posibles está sometida al contratiempo de la responsabilidad y la incertidumbre.

El miembro del pueblo se sabe ungido por una garantía de perfecta inocencia. La inmersión en una colectividad ennoblecida por la historia y hasta por la prehistoria y caracterizada por méritos que la hacen única y ejemplar en el mundo le da derecho a ir con la cabeza muy alta, con la tranquilidad del que está a salvo de la duda sobre sí mismo y sobre los suyos, del que está seguro de sus merecimientos, como el aristócrata antiguo de sus privilegios. Y si siente que le falta algo la razón está clara: es que se lo han quitado los opresores, España, o esa entidad tentacular y mesetaria a la que llaman Madrid.

Sin la pátina favorecedora del envejecimiento, el presente de la ciudadanía tiene toda la vulgaridad de una vida adulta, en la que no existe ni el consuelo de añorar un paraíso originario ni la esperanza de un porvenir de redención. Las cosas pueden ir a mejor, pero también a peor, así que la complacencia es un lujo que nadie puede permitirse. La pertenencia a la colectividad civil no es genética, ni antropológica, sino jurídica, y salvo en ocasiones excepcionales no adquiere esa temperatura emocional en la que se fraguan y se perpetúan los lazos sagrados del pueblo. Igual que uno mismo, sus conciudadanos pueden ser decentes o corruptos, bondadosos o malvados, inteligentes o mediocres, y las leyes que los rigen no emanan de un carácter único en el mundo o de una voluntad heroicamente mantenida durante muchos siglos: son el resultado del azar y el acuerdo, del compromiso imperfecto, de la discordia, de la imitación de otros modelos, y el tiempo revela su posible validez, nunca definitiva, y ayuda a corregir sobre la marcha algunas de sus imperfecciones; no todas, ni mucho menos, porque la inteligencia humana es limitada, y porque como se encargó de recordar Isaiah Berlin, en el mundo real dos fines perfectamente legítimos pueden ser incompatibles entre sí.

El pueblo se fortalece en la unanimidad, o en esas yuxtaposiciones de unanimidades y de grupos cerrados que producen esa sensación de colorido tan celebrada por los partidarios del multiculturalismo, que por cierto son mucho menos dados a la defensa del pluralismo. El vigor de la ciudadanía procede de la capacidad individual de disentir, y en ella el derecho y la obligación de la crítica y de la autocrítica son inseparables. Quien nace en el seno de un pueblo o quien es aceptado en él forman parte de su espesor para siempre, a no ser que se conviertan en traidores y merezcan la expulsión. El ciudadano puede elegir la renuncia a su ciudadanía, cambiar de país por elección o por capricho o necesidad, o compartir dos lealtades, o varias. Su identidad no está en la sangre, sino en algunos documentos legales, en una declaración de impuestos, en un certificado de empadronamiento que le permite votar, en una suma de actos cotidianos concretos que sostienen el entramado de la vida en común y que demandan de cada uno el ejercicio de una responsabilidad irrenunciable e intransferible: gestos prácticos, no declaraciones de principios; actitudes tan menores pero tan decisivas como no levantar la voz en una discusión o no tirar un papel al suelo, como elegir un argumento y no una interjección y no callar ante una injusticia.

39

Que una idea del pueblo tan infundada científica o antropológicamente como desacreditada por el saber histórico la sostengan con tanta convicción algunos dirigentes políticos no tiene nada de extraordinario. También hay muchas personas que creen en el horóscopo, en el complejo de Edipo, en la Santísima Trinidad, en la protección especial con que la Virgen María las favorece a ellas y a los paisanos de su comarca, en el advenimiento más o menos cercano del Juicio Final o del paraíso comunista. En una democracia liberal la libertad de pensamiento y de crítica, la solidez de la educación y el ejercicio del debate ofrecen ciertas garantías de que la racionalidad acabará prevaleciendo, o al menos no será amordazada ni suprimida. Más inquietante es que esas leyendas, redactadas además en una prosa tan infecta, queden consagradas en leyes que tienen el rango de fundamentales.

Lo peor es que se hayan impuesto como obligatorias en el discurso político español, y que con alguna rara excepción no hay partido que no las haga suyas. Es normal que un nacionalista sea nacionalista, como que un mormón sea mormón. Ya lo es menos que sean nacionalistas los socialistas, los comunistas, los libertarios, los conservadores, los representantes de minorías sexuales; y que no sólo lo sean, sino que con mucha frecuencia se esfuercen por serlo más y con más vehemencia que los veteranos primitivos del nacionalismo. Gobiernos regionales de mayoría socialista o conservadora, no nacionalista, aprobaron la mayor parte de esos nuevos estatutos llenos de apelaciones a la antigüedad de los pueblos, a los fueros ancestrales, a los padres de las patrias, a las culturas y las lenguas como expresiones de una especie de eterna alma colectiva, a los derechos exclusivos sobre los ríos, etc.

El fenómeno es ya tan común que nadie parece advertir su rareza. Y tiene poco que ver con el debate político, jurídico y económico sobre la organización federal o no del estado, y sobre el lugar de las lenguas oficiales, entre otras cosas porque lo vuelve imposible, al reducirlo a una más de las tajantes divisiones españolas: cualquier objeción a la manera bastante atolondrada en la que se ha ido descentralizando el país convierte a quien se atreva a formularla en un partidario del centralismo, y quizás también en un fascista; cualquier apelación a los valores y los símbolos de la ciudadanía común y no sólo los de las pertenencias regionales o nacionales será considerado un gesto de agresivo nacionalismo español.

40

En el territorio sagrado los líderes políticos son encarnaciones de la esencia del pueblo: cualquier crítica o acusación contra ellos es una injuria a la comunidad entera; lo que provoca es un movimiento defensivo; el llamamiento a cerrar filas y no a abrir una investigación. Cualquier dispendio será justificado como necesario si su finalidad es el fortalecimiento de la identidad colectiva, la recuperación de alguna seña de identidad. La verdadera discusión pública se hace cada vez más difícil: nada de lo que caiga dentro del ámbito de lo propio puede ser puesto en duda, ni el sueldo de un gerifalte político ni el presupuesto de una cadena de televisión ni el maltrato a un animal aterrado e indefenso en una fiesta de pueblo. No hay objeción que no sea imperdonable, y que no ponga a quien la hace bajo la sospecha automática de complicidad con el enemigo, y por lo tanto de miembro indigno de la comunidad.

La coacción invisible de lo que no es conveniente decir se suma al chantaje directo o a la compra con dinero público de aquellos medios cuya tarea en la sociedad democrática es el ejercicio de la información y de la crítica, y a la omnipresencia de la propaganda oficial. Poniendo o quitando anuncios de sus innumerables campañas un gobierno autónomo o un ayuntamiento han podido hundir o salvar un periódico local durante todos estos años. A medida que los cargos públicos se iban hinchando como sátrapas, cada uno a la escala de su zona de dominio, los informadores se encogían para adaptarse nerviosamente o ávidamente a su nueva tarea de cortesanos. La corrupción, la incompetencia, la destrucción especulativa de las ciudades y de los paisajes naturales, la multiplicación alucinante de obras públicas sin sentido, el tinglado de todo lo que parecía firme y próspero y ahora se hunde delante de nuestros ojos: para que todo eso fuera posible hizo falta que se juntaran la quiebra de la legalidad, la ambición de control político y la codicia —pero también la suspensión del espíritu crítico inducida por el atontamiento de las complacencias colectivas, el hábito perezoso de dar siempre la razón a los que se presentan como valedores y redentores de *lo nuestro*—. La niebla de lo legendario y de lo autóctono ha servido de envoltorio perfecto para el abuso y de garantía de la impunidad.

«El lenguaje político —dice Orwell— está diseñado para hacer que las mentiras suenen a verdades y que sea respetable el crimen.» Asesinos confesos regresan a su pueblo al salir de la cárcel y reciben el homenaje de sus paisanos. Despilfarradores y ladrones vuelven a ser aclamados y elegidos por la misma ciudadanía a la que llevan decenios estafando. Al salir de los juzgados, los mayores sinvergüenzas de la vida pública se sumergen en una multitud de seguidores, el buen pueblo compacto al que pertenecen y al que simbolizan, no en virtud de una pasajera representación electoral, sino porque son parte de su esencia, médiums de su sagrada voluntad.

Si vuelven a presentarse a unas elecciones volverán a ganarlas. Que los de fuera o los del otro bando se hayan atrevido a procesarlos y a encontrarlos culpables es una prueba de que son inocentes, un episodio más en la persecución que lleva durando tantos siglos. Pedir responsabilidades a un individuo es insultar a una patria. Envuelto en la oportuna bandera un delincuente es un héroe. Además de la ventaja de la probable impunidad se obtiene el lujo de perpetuar el agravio, y por lo tanto el victimismo y la queja, y por lo tanto la identidad, fortalecida de nuevo gracias al ultraje. Mientras los concejales de Cultura costeaban danzas folclóricas y fiestas bárbaras para el jolgorio de borrachos, los de urbanismo recalificaban terrenos y escondían debajo del colchón los fajos de billetes de quinientos euros con que los constructores afines les pagaban los favores. Cualquiera que se atreviese a poner alguna objeción, porque las nuevas urbanizaciones eran ilegales o porque arrasaban espacios naturales protegidos, corría el peligro de ser linchado por una ciudadanía agradecida a sus benefactores.

41

Eligieron fomentar la pertenencia ciega y no la ciudadanía electiva, la mitología y no el conocimiento histórico, el narcisismo quejumbroso y exigente y necesitado siempre de halago y no la responsabilidad, el clientelismo y no la soberanía cívica, la grosería disfrazada de autenticidad y no la educación, la imagen y no la sustancia. Pasaron de las consignas ideológicas a los eslóganes de la publicidad electoral sin detenerse nunca en el libre pensamiento, igual que muchos de ellos habían pasado de jóvenes de la ortodoxia católica a la comunista, y de los cursillos de cristiandad a los de marxismo-leninismo, y de ahí a la ortodoxia ultraliberal. Les fue mucho más cómodo y más rentable alentar la fiesta que el esfuerzo, el espejismo que la realidad, el gran espectáculo de un día que el trabajo prolongado a lo largo del tiempo. Dejar que se degradara la educación o fomentar abiertamente la ignorancia les permitía difundir mentiras y leyendas sin miedo a que los refutaran.

El sectarismo les aseguraba lealtades y adhesiones mucho más firmes que el asentimiento racional, que es reversible porque no excluye el desengaño o el simple cambio de opinión. El sectarismo político les ofrecía una división del mundo tan radical como las fronteras territoriales de las identidades. Se trataba, se trata todavía, de ser de un partido como de una raza o una tierra originaria, de ser de izquierdas o ser de derechas con la misma furia con la que se era católico o protestante en las guerras de religión del siglo XVI, tan íntegramente como se era cristiano viejo o hidalgo en la España de la Contrarreforma y de la limpieza de sangre.

La rigidez corporativa de los partidos políticos se ha ido volviendo más esclerótica a medida que se convertían en maquinarias de colocación y reparto de favores y que colonizaban espacios de la sociedad que deberían haber permanecido abiertos al mérito, al debate y al activismo civil. Quien no está con nosotros es porque está contra nosotros. Del mismo modo que el nacionalismo divide la inocencia o la culpa, lo valioso o lo despreciable, la verdad o la mentira, según el lado de la frontera geográfica, el sectarismo actúa trazando fronteras toscamente ideológicas.

Como la creencia es una variante de la religión cualquier cambio equivale a una apostasía, y cualquier muestra de templanza a una traición. La templanza es tibieza; el término medio, equidistancia y cobardía. Y también en este terreno queda anulado el debate. Cualquier crítica que venga de alguien que está en el otro lado o que parece sospechoso de cercanía hacia él no merece ningún crédito. Cualquiera que se declare independiente es todavía menos de fiar que el visible adversario. Entre un adversario y un enemigo no hay ninguna diferencia. Cualquier mérito objetivo queda subordinado a la explícita adhesión política, que es el mayor mérito de todos y por lo tanto vuelve secundarios o superfluos todos los demás. Ser importa mucho más que saber o que hacer. La mayor parte de los que tenían conocimientos y sabían hacer cosas se marcharon hace mucho tiempo de la política o fueron expulsados de ella. Han quedado y han ascendido los que no teniendo otra forma de prosperar en la vida se han limitado a una obstinada militancia, a una ilimitada disposición de obediencia, en el mejor de los casos, y de corrupción en el peor.

En ningún otro campo profesional se puede llegar más lejos careciendo de cualquier cualificación, conocimiento o habilidad verificable. Se puede dirigir un hospital y hasta ser ministro de sanidad sin tener la menor noción de medicina, y ocupar un puesto de alto rango en la política internacional sin hablar ningún idioma extranjero. En mis años de trabajo en la administración municipal tuve superiores que no sabían escribir correctamente Beethoven ni Varsovia y que sin más requisito que el carnet de un partido han gestionado algunas de las instituciones musicales de máximo relumbrón en España. He visto a un administrativo entrar de concejal en 1979 y sin haber adquirido ninguna cualificación aparte de la de la maniobra política llegar diez o doce años después a presidente de una de esas cajas de ahorros que nos han llevado a la quiebra. Cuando a Sancho Panza se le presenta la oportunidad burlesca de ser nombrado gobernador no tiene la menor duda sobre su propia idoneidad para el cargo, aunque no sabe leer ni escribir: lo único que necesita es su condición probada de cristiano viejo; incluso el analfabetismo es una garantía añadida de su ortodoxia, porque certifica que no ha podido leer libros de herejes.

La primera inquietud de quien se manifiesta en público es dejar bien clara su adscripción partidista, no sea que caiga en peligro de ser visto como sospechoso, o como dudoso. Antes de adoptar cualquier posición hay que asegurarse no de su racionalidad o de su justeza sino de que se distingue bien claramente de la del adversario. En el periodismo los hechos en sí son mucho menos relevantes que las opiniones, las cuales suelen corresponderse meticulosamente a las directrices de los partidos. Llegar a un mínimo acuerdo operativo sobre la naturaleza de la realidad es tan imposible como encontrar posibilidades de colaboración para corregirla o mejorarla. Preferir siempre las diferencias a las similitudes y la discordia al apaciguamiento son hábitos cardinales de la clase política española, igual que echar leña al fuego y sal a las heridas. La escenificación estridente de sus disputas partidarias es la cortina de humo que encubre la similitud de sus intereses corporativos, la magnitud formidable de su incompetencia, la toxicidad de su parasitismo sobre el cuerpo social, la devastadora codicia con la que muchos de ellos, en todos los partidos, se han dejado comprar, o han comprado a otros.

Cuentan a su favor con la falta de hábitos de deliberación democrática en la ciudadanía, y con la tradición de intransigencia de un país sometido durante siglos a la brutalidad política y al oscurantismo religioso. Cuentan con las incondicionalidades del sectarismo y el clientelismo, del arrimo ciego a lo que se designa como propio, sea una aldea o una ciudad o un territorio enaltecido como patria.

Cuantas más personas dependan directamente para su subsistencia del favor político con más votos seguros se podrá contar. La adhesión primitiva a un caudillo cercano al que se conoce y se entiende porque habla como nosotros se fortalece cuando por culpa de leyes forasteras y de un sistema judicial impersonal y por lo tanto sospechoso ese mismo caudillo que daba tanto trabajo y se preocupaba tanto por el pueblo se ve acusado en los tribunales. Porque es de nuestro partido no es posible que sea culpable: siempre son los otros los que roban. Porque le tienen envidia, porque no perdonan su éxito, porque nos odian, porque se entrometen sin ningún derecho en nuestros asuntos, porque no les gusta como somos, porque no son de aquí y no pueden entendernos, porque se fueron de aquí y perdieron su identidad. Siempre llega el momento oportuno de cosechar los beneficios de queja, el resentimiento y el agravio que se han sembrado a lo largo de los años.

42

En treinta y tantos años de democracia y después de casi cuarenta de dictadura no se ha hecho ninguna pedagogía democrática. La democracia tiene que ser enseñada, porque no es natural, porque va en contra de inclinaciones muy arraigadas en los seres humanos. Lo natural no es la igualdad sino el dominio de los fuertes sobre los débiles. Lo natural es el clan familiar y la tribu, los lazos de sangre, el recelo hacia los forasteros, el apego a lo conocido, el rechazo de quien habla otra lengua o tiene otro color de pelo o de piel. Y la tendencia infantil y adolescente a poner las propias apetencias por encima de todo, sin reparar en las consecuencias que pueden tener para los otros, es tan poderosa que hacen falta muchos años de constante educación para corregirla. Lo natural es exigir límites a los demás y no aceptarlos en uno mismo. Creerse uno el centro del mundo es tan natural como creer que la Tierra ocupa el centro del universo y que el Sol gira alrededor de ella. El prejuicio es mucho más natural que la vocación sincera de saber. Lo natural es la barbarie, no la civilización, el grito o el puñetazo y no el argumento persuasivo, la fruición inmediata y no el empeño a largo plazo. Lo natural es que haya señores y súbditos, no ciudadanos que delegan en otros, temporalmente y bajo estrictas condiciones, el ejercicio de la soberanía y la administración del bien común. Lo natural es la ignorancia: no hay aprendizaje que no requiera un esfuerzo y que no tarde en dar fruto. Y si la democracia no se enseña con paciencia y dedicación y no se aprende en la práctica cotidiana, sus grandes principios quedan en el vacío o sirven como pantalla a la corrupción y a la demagogia.

La única manera de predicar la democracia es con el ejemplo. Y con el ejemplo de sus actos y de sus palabras lo que han predicado con abrumadora frecuencia en España la mayoría de los dirigentes políticos y de sus propagandistas ha sido lo contrario de la democracia.

Han predicado la greña, la violencia verbal, la irresponsabilidad personal y colectiva, el halago, la intransigencia, la palabrería embustera, la falta de rigor, la indulgencia hacia el robo, el victimismo, el narcisismo, la paletería satisfecha, el odio, la grosería populista, el desprecio a las leyes. Han incumplido las normas legales que ellos mismos aprobaban. Han declarado intocable un paisaje natural y a continuación no han hecho nada para impedir que un especulador inmobiliario protegido por ellos talara miles de árboles o desecara un humedal para construir viviendas de lujo y campos de golf.

En la persecución de sus intereses no han tenido reparos en desacreditar y socavar cuando les convenía las bases mismas del sistema que nos sustenta a todos. Si una sentencia judicial no les ha favorecido han negado la legitimidad de los tribunales. Si una investigación policial ha dañado sus intereses o no ha dado los resultados que ellos deseaban han procurado desacreditar a la policía y en cuanto han recobrado el poder han castigado a quienes por cumplir con su deber profesional los incomodaban. Pero no habrían tenido tanto éxito en esa tarea si no hubieran contado con tantos cómplices entre esa clase entre periodística e intelectual que es la parte más visible de la opinión pública.

43

Algo intrigaba al que venía de fuera tanto como la proliferación de sucursales de bancos y de cajas de ahorros en todas las esquinas de todas las ciudades: la omnipresencia de la política y de los políticos en las portadas de los periódicos, en los programas informativos de la radio y de la televisión, casi en cada esfera de la vida civil. Uno llegaba a Barajas a las siete de la mañana de un domingo de invierno y en la radio del taxi había un político haciendo declaraciones o una tertulia de periodistas y políticos. La información no trataba de las cosas que sucedían, sino de lo que los políticos tenían que declarar sobre ellas y lo que los opinadores opinaban sobre lo que los políticos habían declarado. La actualidad era lo que los políticos hacían, lo que decían, lo que desmentían, lo que prometían, lo que amenazaban, lo que insultaban. La realidad desaparecía bajo el ruido constante de las declaraciones y las diatribas políticas. El trabajo de los periodistas jóvenes consistía en entrevistar a dirigentes políticos o en asistir a sus ruedas de prensa y tomar nota de sus declaraciones sin que les fuera permitido ni siquiera hacer preguntas; el de los veteranos, en emitir opiniones y discutir interminablemente las palabras de los políticos en tertulias de radio o televisión. El relato de un atentado terrorista podía durar menos de un minuto: ocupaban mucho más tiempo las condenas protocolarias de los representantes de cada partido político, sindicato, organización empresarial. La mayor parte de los titulares de los periódicos consistían en frases entrecomilladas de políticos, que muchas veces eran la respuesta a otras frases dichas previamente por otros, y desmenuzadas a continuación por el zumbido perpetuo de los opinadores, cuya principal tarea era casi siempre exagerar todavía más la agresividad o el sectarismo de los partidos políticos a los que favorecían. Incluso se llegó a la vileza de que fueran los partidos mismos los que imponían directamente a las emisoras de radio o televisión los nombres de los periodistas encargados de defender sus posiciones y atacar incondicionalmente las de sus adversarios.

La proliferación de administraciones públicas ha asegurado un carrusel permanente de campañas electorales. Y con la cercanía de cada campaña electoral ha aumentado más todavía la presencia de los cargos públicos en ejercicio y de los aspirantes a sustituirlos. En otras épocas las cosas sucedían y en consecuencia se informaba sobre ellas. En la España alucinada de todos estos años la *comunicación* sobre las cosas ha sido mucho más importante que las cosas mismas, hasta el punto de que ya no se podía distinguir entre un hecho real y lo que se llamaba su *impacto mediático*. El hecho no era el motivo de ese impacto, sino su excusa. Y como multitud de cosas se hacían con el único fin de que se vieran reflejadas en los medios, cada vez fue creciendo más la desproporción entre los hechos y sus representaciones, como cuerpos mínimos que proyectan sombras gigantescas. Desde hacía muchos años la clase política se había especializado en la invención de simulacros. Cuando no estaban organizando exposiciones universales o campeonatos mundiales de motociclismo o de Fórmula 1 fundaban parques temáticos: el caso era estar siempre erigiendo realidades paralelas, entelequias espectaculares.

Cuanto más dinero había los simulacros se fueron haciendo más perfectos, y ni quienes los organizaban ni quienes informaban sobre ellos ni la ciudadanía que los admiraba eran capaces ya de distinguir la realidad de la representación. Ya no había ninguna diferencia entre ellas: se construía un aeropuerto entero para salir en el periódico y para imaginar que la existencia del aeropuerto provocaría por sí misma la llegada de aviones y la prosperidad del tráfico aéreo, o una falsa autopista dotada de todos los atributos de las autopistas reales salvo la expectativa razonable de que alguna vez circularan coches por ella. Al margen de las realidades casi siempre deslustradas de su población, su economía, o su situación geográfica, cada ciudad se proyectaba a sí misma en una capital fantástica dotada de un palacio de congresos, de un gran teatro de ópera, de un museo de arte contemporáneo, de uno o varios complejos deportivos de dimensiones olímpicas, un campus universitario. Los congresistas, los aficionados a la ópera, los estudiantes, los artistas contemporáneos, el público, los atletas, las multitudes dispuestas a llenar las gradas, eran tan conjeturales como los cálculos de mantenimiento de todas aquellas escenografías: importaba la maqueta, la firma del arquitecto internacional, la fotografía, el reportaje en el periódico local agradecido o en la televisión directamente súbdita. Si una ciudad o una provincia o una comunidad contigua ya disponía de aeropuerto, de palacio de congresos gigante o campus universitario, el efecto no era racionalmente disuasorio, sino justo lo contrario: en vez de considerar que quizás no valdría la pena duplicar lo que ya existía tan cerca se acentuaba la urgencia de poseerlo también. Si lo tienen ésos por qué no vamos a tenerlo nosotros.

44

Para fingir con más convicción que gobernaban un país independiente los dirigentes de una comunidad autónoma viajaban por el mundo con grandes séquitos presidenciales y fundaban embajadas. Que las embajadas no existieran desde el punto de vista de la ley internacional no estropeaba la calidad del espejismo: había oficinas en barrios carísimos de las capitales extranjeras, había banderas en las puertas, había funcionarios, teléfonos, computadoras, alfombras rojas, recepciones; que fueran diplomáticamente invisibles en el país de destino no malograba su resplandeciente visibilidad en el propio territorio, en los canales de televisión y en los periódicos cuyos enviados especiales formaban parte del séquito. Dado que o bien formaban parte de la nómina de la administración o viajaban gratis a su costa, a ningún periodista se le ocurriría comparar los gastos de la expedición con los beneficios prácticos obtenidos de ella. Para salir en la primera página del periódico de su comarca los miembros de la clase política se desplazaban en viaje oficial a los lugares más caros o más lejanos del mundo. Pagaban por dar una charla en un aula perdida y medio vacía de una universidad, y como ya estaban intoxicados por sus propias ficciones creían sinceramente haber sido invitados. La charla de la que nadie en la universidad se había enterado y que no había tenido ninguna resonancia en ella se convertía en un gran éxito de promoción internacional. Ofrecían recepciones a las que no asistía nadie más que los miembros de su propio séquito, almuerzos en los que no había más comensales que ellos mismos, conciertos sin público en auditorios alquilados; financiaban cátedras universitarias en las que no se matriculaba ningún alumno: pero en algún momento del tránsito entre lo real y su reflejo informativo irrumpía el esplendor de la ficción, y el lector del periódico o el espectador del noticiario se convencían de que gracias a los providenciales dirigentes la tierra natal triunfaba en el mundo, sus artistas llenaban teatros, su cultura seducía a los extranjeros, sus productos encontraban mercados exteriores cada vez más amplios. Todo era una exageración, o directamente una mentira: nadie se molestaba en comprobarlo. Y si en alguna parte surgía una crítica, o tan sólo una información no del todo favorable, el reflejo inmediato de la defensa de lo propio la desactivaba.

45

Han viajado y siguen viajando sin reparar en gastos a cualquier lugar del mundo, pero quizás el escenario predilecto de sus ficciones internacionales ha sido Nueva York. Era frecuente verlos ocupar con una excitación colectiva de matrimonios de turistas joviales los asientos de *business class* en los vuelos de Iberia. Alcaldes, concejales, diputados provinciales, presidentes autonómicos, consejeros, jefes de protocolo, asesores, artistas cortesanos, empresarios, representantes de la patronal, sindicalistas. Eran tantos que tenían la inmediata virtud de convertir en un éxito de asistencia cualquier acto que convocaran. En cuanto llegaban al aeropuerto Kennedy los recogían coches alquilados de un lujo oficial y se alojaban en los mejores hoteles. En muchos casos habían contratado previamente a alguna agencia de relaciones públicas que por un precio exorbitante les garantizaba una ficción de relevancia. En Nueva York todo puede alquilarse, y hasta las instituciones de apariencia más respetable son capaces de cualquier cosa con tal de sacar dinero a los muchos incautos de todo el mundo que aspiran a condecorarse con el prestigio que irradia de ellas, con el fetichismo de sus nombres.

Durante los años del delirio, sumas alucinantes de dinero público español sirvieron para subvencionar a algunos de los museos más prósperos de Nueva York, con una largueza no igualada por los plutócratas locales. A toda costa había que desembarcar en Nueva York (la metáfora del desembarco ha sido muy persistente). Había que hacer ruido en Nueva York. Había que vender Andalucía o Galicia o Sevilla o Madrid o Valencia o Navarra en Nueva York. Primero llegaban, abriendo paso y estableciendo contactos, unos individuos especializados, de aire muy ejecutivo, con grandes despliegues de carteras de mano y teléfonos móviles, habitantes de ese vago espacio atmosférico en el que se cruzan los puestos de confianza política, los enchufados de las empresas o consorcios públicos, los directivos de consultorías privadas o gabinetes de imagen que viven de facturar cantidades de estafa a las administraciones a cambio de servicios vaporosos, de informes de jerga pseudotécnica con faltas de ortografía.

Me tocaba encontrarme con ellos en mi despacho del Instituto Cervantes. Desplegaban uno o varios Black-Berries —eran los tiempos anteriores al iPhone— y explicaban sus proyectos. Recuerdo a uno que repetía:

—Yo a lo que vengo es a hacer ruido con Navarra en Nueva York.

Y a otro que hablaba en ese andaluz inventado con tanto éxito por Canal Sur y por la Junta de Andalucía:

—Yo aquí estoy para vender Andalucía, no España. Ya está bien de vender la marca España. Ahora hay que vender la marca Andalucía.

Desembarcaban, vendían la marca, cada uno la suya, hacían ruido, apostaban por el mercado americano. La expresión *apostar por* se ha usado y se usa mucho en un país lleno de tahúres. El ruido que hacían en Nueva York se escuchaba sobre todo en las localidades de origen. Lo que quedaba en Nueva York no era la imagen, ni la marca, ni el ruido, ni la apuesta, sino el mucho dinero que todo aquello costaba, los despliegues de aquellas fantasías de promoción internacional que oscilaban tantas veces entre lo suntuoso y lo grotesco.

En Nueva York, donde las instituciones culturales dependen en gran medida del dinero privado, los programas se elaboran con mucha antelación y los presupuestos se calculan al céntimo. De pronto aparecían emisarios de ciudades de nombres desconocidos o de países que de algún modo estaban dentro de España y al mismo tiempo no tenían nada que ver con ella y estaban dispuestos a pagar sin discusión cualquier cantidad que se les pidiera por acoger una exposición de su cultura, o un concierto de un artista de aquel territorio. En algún caso el emisario sí decía venir abiertamente de España, pero estaba impaciente por gastar con la misma largueza: por llevar al museo una exposición de sus pintores más universales, y además corriendo con todos los gastos, pagando seguros, transportes y catálogos, y además cediendo al gran museo la recaudación íntegra de la taquilla.

Éramos una gran potencia. Estábamos a punto de sobrepasar en bienestar y riqueza a los grandes de Europa. Podíamos regalar exposiciones al Metropolitan, al Guggenheim, al MoMA. Pagábamos por organizar conciertos en Carnegie Hall. Podíamos llenar la Quinta Avenida de banderolas publicitarias anunciando una exposición patrocinada por la Junta de Castilla y León, cuyos dignatarios máximos volarían expresamente para inaugurarla. Podíamos ofrecerle a la sede de las Naciones Unidas en Ginebra una bóveda pintada por Miquel Barceló. Al borde de la quiebra el ayuntamiento de Madrid podía permitirse en 2011 el lujo de anunciar en todas las farolas a lo largo de Broadway que la Gran Vía cumplía cien años. Podíamos alquilar los salones más caros del Waldorf Astoria o del Metropolitan Club para la presentación de un premio literario o de una marca de aceite, para una conferencia de un alcalde o de un presidente autonómico que a veces se empeñaban en hablar inglés por no hablar español con el resultado de que tan sólo los entendían los españoles presentes en la sala, que solían ser la mayor parte de ellos.

Había que vender; había que hacer ruido y que conseguir resultados; nada mejor que organizar una gran comida con el mundo de los negocios de Nueva York. La comunidad autónoma, el ministerio, el ayuntamiento, el cabildo, hacían el encargo correspondiente a la agencia de organización de eventos, o de relaciones públicas, o lo que fuera. Dicha agencia podía presentar proyectos más o menos complicados, y presupuestos de estafa prudente o de puro expolio, a fin de conseguir listas de contactos valiosos en Nueva York. La lista acababa siendo siempre la misma: la que repartía a todo el que se la pidiera la Cámara de Comercio Hispano-Norteamericana. La mayor parte de los contactos eran españoles, casi todos con puestos más o menos oficiales o diplomáticos. Lo que conseguía a un precio tan alto la comitiva venida de España o del estado español era en gran medida invitar a uno o dos centenares de españoles y a unos cuantos americanos que a veces por puro azar habían caído en las listas, y ya no eran borrados nunca de ellas, aunque no tuvieran negocios ni cargos públicos ni responsabilidades comerciales.

Con variaciones mínimas, éramos siempre los mismos. Digo éramos porque yo formé parte de esa comunidad a causa de mi cargo en el Instituto Cervantes, un público siempre repetido al que el embajador Inocencio Arias llamó memorablemente «los sospechosos habituales». En un menesteroso inglés que sólo comprendíamos los españoles, Pasqual Maragall y el filósofo Rubert de Ventós nos explicaron una vez la lejanía creciente de Cataluña hacia España. Una comida multitudinaria de negocios ofrecida por el ayuntamiento de Barcelona comenzó tan españolamente tarde que los pocos hombres de negocios americanos que asistían a ella se habían marchado antes de que terminaran los copiosos aperitivos, de modo que cuando empezaron a servirse los platos cocinados por un chef traído expresamente de Barcelona, igual que los productos necesarios para prepararlos, los únicos beneficiarios de aquella abundancia, aparte de los miembros de la numerosa expedición catalana, fuimos los invitados españoles, con nuestros estómagos adaptados por la evolución para seguir comiendo a las cuatro de la tarde.

Cerca de las cinco, con la somnolencia del postre, el alcalde de la ciudad subió al estrado para dar un discurso sobre los atractivos económicos y culturales de Barcelona y sus ventajas para los inversores americanos. Habló en un inglés correcto, aunque innecesario, ya que desde hacía unas horas no quedaba en el comedor ningún hablante nativo de esa lengua. Y como la comida había sido tan abundante y de tan alta calidad gastronómica, el alcalde tuvo el detalle de pedir un aplauso para el cocinero e invitarlo a que subiera a decir unas palabras. El hombre, agradecido, nervioso, con su chaqueta blanca y gorro blanco y alto como una chimenea, miró las caras de la concurrencia y dijo:

—Muchas gracias a todos...

En ese momento se levantó una voz terminante en la zona de la presidencia:

—*En català!*

Y el cocinero, visiblemente amedrentado, siguió hablando en esa hermosa lengua, a fin de ser comprendido por los miembros de la expedición que había viajado con él desde Barcelona.

46

Me acuerdo de una visita oficial del presidente de la Comunidad Valenciana a Nueva York. Venía a promocionar la Ciudad de las Artes y de las Ciencias, pero venía tan de un día para otro que el único sitio donde quedaba un hueco para presentarla era el Instituto Cervantes. La Ciudad de las Artes y las Ciencias de Valencia fue presentada por todo lo alto al público de Nueva York en un auditorio de ciento cuarenta plazas ocupadas en su mayoría por el propio séquito del presidente de la Generalitat. Esa mañana recibí una llamada del jefe de protocolo: me informaba, no sin reverencia, de la hora aproximada en la que llegaría al centro el *president*, a fin de que yo me encontrara en la puerta para recibirlo en cuanto saliera del coche oficial. Ni el presidente del gobierno se había hecho anunciar con semejante pompa. Los pasillos estrechos y el pequeño jardín del Cervantes se vieron de pronto inundados por una multitud de altos cargos valencianos que salían al mismo tiempo de una hilera de coches oficiales y vestían trajes idénticos azul marino, se abrochaban con un gesto el botón intermedio de la chaqueta, hablaban por teléfonos móviles. Fotógrafos de periódicos valencianos y cámaras de la televisión valenciana rodeaban al *president* cuando, de acuerdo con las instrucciones del jefe de protocolo, lo saludé en la acera de la calle 49 Este.

Según el plan de visita meticulosamente acordado con el jefe de protocolo, y recibido por fax con antelación, la primera fase de la visita sería un recorrido por las dependencias del centro. Pero el séquito era tan numeroso que en cada pasillo, escalera, ascensor o vestíbulo se producía un atasco de altos cargos, asesores, fotógrafos y cámaras de televisión. El presidente de Valencia asistía a mis explicaciones distraído y benévolo, lanzando rápidas miradas a su alrededor, alto, bronceado, enjuto, presidencial, mirando el reloj, haciendo gestos a su jefe de protocolo y a sus ayudantes, conteniendo la impaciencia cada vez que una nueva puerta o un pasillo detenían nuestro avance, porque había que ceder precedencias y asegurarse de que nadie importante se quedaba atrás, o de que los fotógrafos o los cámaras no estaban lejos.

No tardé en comprender el rumor de nerviosismo

que lo permeaba todo: estaba previsto que Plácido participara en la presentación, pero Plácido no aparecía, y sin Plácido no se podía empezar. A Plácido nadie en aquella comitiva se rebajaba a llamarle Plácido Domingo. Habíamos entrado en la biblioteca y yo le explicaba al presidente lo que me gustaba contarle a todo el mundo, que estaba hecha en gran medida con fondos de bibliotecas particulares del exilio republicano español. Empezó a sonar un móvil y era el del presidente. Contestó de inmediato, dejándome con la palabra en la boca. Por un momento el silencio del séquito reveló la esperanza común de que la llamada fuera de Plácido. Debía de ser en cualquier caso una llamada importante, porque el presidente se puso a hablar y estuvo hablando mucho tiempo, mientras los asesores, los altos cargos, los cámaras, yo mismo, aguardábamos apiñados a su alrededor, en el espacio estrecho de la biblioteca, empezando al cabo de un rato a mirar los lomos de los libros, mirando también furtivamente nuestros relojes y teléfonos móviles.

El inconveniente de tener esperando al público quedaba corregido por el hecho de que cuando empezara la proyección sobre la Ciudad de las Artes y las Ciencias emanada de la mente creativa del arquitecto Calatrava —«Santiago se ha disculpado, no está en Nueva York»— el público seríamos nosotros mismos. De cualquier modo se estaba haciendo muy tarde, y cuando el *president* concluyó por fin su conversación telefónica hubo que empezar. Llevábamos unos minutos viendo las célebres formas blancas y curvas y un ayudante entró en la sala y se acercó al *president* diciéndole algo al oído. Se interrumpió la proyección, se encendieron las luces. Plácido Domingo, corpulento y jovial, hizo su entrada en el pequeño auditorio. Delante de las cámaras de televisión y de los fotógrafos el presidente y él se fundieron en un gran abrazo, mientras el séquito valenciano aplaudía puesto en pie.

47

Me acuerdo de un titular en un periódico nacional: LA MODA ESPAÑOLA DESEMBARCA EN NUEVA YORK. Efectivamente, un desfile de cuatro modistas españoles se había celebrado en los mismos días de la Fashion Week de Nueva York, incluso a unos centenares de metros de la carpa gigante en la que se sucedían los desfiles de marcas internacionales. Sólo que ese desfile, financiado por el Ministerio de Cultura, había tenido lugar en una sala alquilada de la Public Library, sin más asistentes que las autoridades ministeriales, los propios interesados, sus familiares y algún periodista español.

Lo casi inexistente en la realidad se agigantaba en el gran embuste de su reflejo informativo. No importaba nada. No importaba la diferencia entre la verdad y la mentira, ni el grado de exactitud o de error en el relato de los hechos. Sin haber llegado del todo a la modernidad nos convertimos en un país postmoderno en el que la distracción o el cinismo adquirían la risueña legitimidad de la equivalencia entre los discursos y los valores, entre la realidad y las apariencias, entre el capricho y el conocimiento. En el mismo país donde los tribunales de cuentas no cumplían en serio con su deber de controlar el gasto en las administraciones públicas los periódicos no se esforzaban por comprobar los pormenores de las informaciones que difundían, o en ocasiones no tenían escrúpulo en manipularlas en beneficio de sus intereses empresariales o de sus lealtades partidistas.

Para emitir dictámenes veraces sobre la realidad y más aún para actuar con eficacia sobre ella hace falta un conocimiento lo más preciso que sea posible; y ese conocimiento no puede adquirirse sin una exigente voluntad de saber. Porque la mente humana es propensa al error, a la creencia y a la alucinación colectiva, hace falta un ejercicio constante de la indagación plural y contrastada y de la crítica. En cierta medida la comunidad democrática ha de funcionar como la comunidad científica, a partir de acuerdos básicos sobre la naturaleza de la realidad, sobre la libertad de circulación de las ideas y los protocolos necesarios para comprobar cualquier hipótesis y los resultados de cualquier experimento. Para que un proyecto público se ponga en marcha no debería bastar la voluntad de quien decide emprenderlo: habrá que saber antes si está dentro de la ley y si es viable, y esa evaluación sólo pueden hacerla personas técnicamente capaces que no dependan del favor político. Pero además hace falta el debate abierto en la ciudadanía, porque los intereses legítimos en una democracia pueden ser muy diversos y hasta contradictorios entre sí, y a la hora de examinar los pros y los contras habrá que saber, con un grado máximo de precisión y justicia, cuál ha de ser la opción prioritaria sobre otra casi igualmente aceptable, a qué se renuncia cuando se elige algo en un mundo real de posibilidades limitadas y de decisiones que pueden ser irreversibles. Hace falta transparencia en los procedimientos, información veraz, debate riguroso y abierto; hace falta capacidad de acuerdo entre grupos e intereses diversos, no sólo para llegar a hacer algo, sino para que lo que se hace tenga posibilidades de durar, porque rara vez hay un empeño valioso que pueda completarse en el plazo breve de un mandato político.

48

Que lo contrario haya sido y sea la norma entre nosotros no es responsabilidad exclusiva de la clase política. Que cada palo aguante su vela. Ellos han desmantelado la legalidad o la han ignorado para perseguir sus proyectos fantásticos y en un cierto número de casos además para robar y para favorecer a los ladrones: pero no habrían ido tan lejos sin la indiferencia, la claudicación o incluso la adhesión de sectores amplios de la ciudadanía, y menos aún sin la mezcla de negligencia profesional, militancia sectaria y disposición cortesana de una parte de los medios informativos.

En un país en el que todo depende de la política las formas posibles de coacción son innumerables. En el nuestro se han hecho cada vez más groseramente explícitas. Qué periódico va a atreverse a criticar a un alcalde o al presidente de una diputación o comunidad si de la noche a la mañana pueden retirarle los anuncios institucionales y las suscripciones o las subvenciones directas de las que depende su supervivencia. Pero no hay mejor crítica que la información fehaciente, y ésa se ha vuelto todavía más rara. Una columna de opinión o una entrevista complaciente se hacen en poco tiempo y cuestan muy poco, y ocupan a bajo precio un buen espacio en el periódico. Una tertulia es mucho más barata de producir que un reportaje. Investigar una corruptela en marcha, informar a tiempo sobre ella, es la mejor manera de frustrarla; indagar la viabilidad real de uno de tantos proyectos insensatos que ahora son nada más que carísimas ruinas futuras exigiría ir más allá de la propaganda oficial y quizás habría servido para que algunos de ellos no se llevaran a cabo, para despertar estados de opinión que habrían podido atajarlos o al menos reducir su escala catastrófica.

Habría sido más noble que la aquiescencia o el silencio se debieran al miedo a las represalias. Importó más el simple descuido, la aceptación distraída de los dosieres oficiales cocinados lujosamente por agencias publicitarias y gabinetes de comunicación, el contagio de las unanimidades triunfalistas, el sonambulismo de la alucinación, el pánico español a distinguirse de lo mayoritario y a no contar con el cobijo de un grupo, que es una de las razones de nuestra hipocresía civil. Periodistas y políticos llevan demasiado tiempo en España enredados en un parasitismo mutuo. Los políticos filtran informaciones interesadas que los periodistas hacen cómodamente pasar como frutos de una investigación inexistente. Una forma de deshacerse de un competidor molesto dentro del propio partido ha sido muchas veces facilitar a un periodista informaciones dañinas para él. Los periodistas acuden a las comidas y a las recepciones que dan continuamente los políticos y en ellas fortalecen la camaradería de los intereses compartidos. Los políticos en el poder manipulan las leyes para conceder prebendas a empresarios de comunicación afines o las utilizan para presionar a los adversarios. Políticos campechanos participan en las tertulias innumerables que han colonizado los espacios que en otro tiempo pertenecieron a la información o son recibidos en ellas con una deferencia bochornosa.

49

Con la distancia se ve claro que la Expo del 92 fue el primero en el catálogo sucesivo de los simulacros españoles, el ensayo general y el estreno, el modelo de una gran parte de lo que vino después: la predilección por el acontecimiento excepcional y no por el trabajo sostenido durante mucho tiempo; el triunfo del espectáculo sobre la realidad; la construcción de realidades efímeras a las que se dedicaban los fondos públicos que habrían podido emplearse menos vistosamente pero con frutos más sólidos; el gasto incontrolado y sin límites; la concentración aparatosa de todo en un solo lugar, en el plazo de unos pocos meses; la desconexión entre ese tiempo y el que vendría después, entre ese espacio insular y el territorio que lo rodeaba: también la unanimidad triunfalista que apagaba de antemano cualquier disidencia, reduciéndola a queja residual o deslealtad insidiosa.

Vi la Expo del 92 el día de su clausura. Era la primera vez que mi novia y yo viajábamos en el tren de alta velocidad. Íbamos a Sevilla porque me habían invitado a formar parte del consejo asesor del Instituto Cervantes, que acababa de fundarse (un nombramiento que carecía de remuneración, pero también de sustancia). Me compré unos zapatos negros y una corbata. El AVE iba lleno de autoridades, de políticos y de diplomáticos latinoamericanos. Al bajar de la habitación del hotel para la comida nos separaron sin miramiento a mi novia y a mí porque según los funcionarios de protoloco que pastoreaban en el vestíbulo a los invitados los caballeros y las señoras tenían que ir por caminos distintos. En la sesión del patronato, alrededor de una mesa enorme presidida por el Rey, académicos y dignatarios latinoamericanos en fases diversas de decrepitud tomaron la palabra agotadoramente para cantar las excelencias del español y la hermandad entre nuestros pueblos, con una oratoria que ya era anacrónica en tiempos de Rubén Darío. Aquel consejo al que me había hecho cierta ilusión pertenecer era una formalidad pomposamente inútil. Visto de cerca Camilo José Cela tenía una cabeza entre de ídolo olmeca y gobernador civil de Franco. El triunfalismo estadístico de la lengua española era ya la música preferida de los discursos oficiales.

Había que asistir a una recepción y a una comida en los Reales Alcázares. Mi novia y yo nos perdimos en el camino desde el hotel y cuando por fin llegamos nos había calado un chaparrón súbito y las altas puertas estaban cerradas. Ella llevaba un bolso con manchas de pantera, de diseño original pero endeble factura, que se le destiñó entre las manos. Cuando por fin entramos los agentes implacables del protocolo nos separaron de nuevo, mandándonos a cada uno a un extremo de un gran comedor atestado de gente. Mi novia me contó luego que cuando quiso levantarse de la mesa que le habían asignado para lavarse las manos, manchadas por completo de negro a causa del bolso desteñido, un vigilante de protocolo se lo prohibió sin miramientos: uno no se levanta cuando ya se ha sentado el Rey, así que tuvo que comer con las manos tan negras como si las llevara sucias de betún.

La duración de la comida se sumó al número y la extensión de los discursos y al rumor de la multitud de los comensales hasta borrarnos el sentido del tiempo. Para volver al hotel había que abrirse paso entre el atasco de coches oficiales, agravado por los coches y las motos de escolta y las furgonetas de la policía. Sin tiempo apenas para descansar lo reclamaban a uno para asistir a otra recepción obligatoria, en un salón con sillerías barrocas y tapices que no recuerdo si era del ayuntamiento. Hubo un rato de barullo al parecer causado por una disputa protocolaria entre la duquesa de Alba y la marquesa consorte del premio Nobel de Literatura acerca de quién de las dos tenía preeminencia al sentarse. Cada vez se repetía la misma ronda de discursos. El Rey, el presidente del gobierno, el ministro de cultura, el ministro de exteriores, el presidente de la Junta de Andalucía, el presidente de la diputación provincial, el alcalde de Sevilla, el decano del cuerpo diplomático.

Cada vez que hablaba uno de ellos tenía que encabezar su discurso enumerando por orden jerárquico y con sus títulos respectivos a cada una de las autoridades presentes: Majestad, excelentísimo señor presidente, excelentísimo señor alcalde, excelentísimas e ilustrísimas autoridades, señoras y señores. A continuación hubo un nuevo atasco de comitivas oficiales camino de la isla de la Cartuja, para la ceremonia de clausura de la Expo. Por encima del tráfico y de las sirenas de las motos de la policía tableteaba un helicóptero. A los invitados de menor cualificación nos embarcaron en un autobús. Desde antes de llegar a la isla el autobús avanzaba tan despacio como una carroza barroca de cortesanos con pelucas por los callejones de una ciudad del Antiguo Régimen.

Al otro lado de los puentes de perfiles audaces recién tendidos sobre el Guadalquivir la Expo era como el recinto de una feria desmesurada y quimérica, una ciudad futurista completa que a la mañana siguiente habría dejado de existir. Después de un avance muy lento entre el gentío que lo llenaba todo llegamos a un pabellón en el que de nuevo estaban las mismas autoridades con las que llevábamos todo el día encontrándonos, los vestidos de las señoras quizás un poco más ajados, las caras ya algo polvorientas y desfallecidas. En una gran terraza con toldos blancos desde la cual se dominaba toda la feria camareros y camareras uniformados como servidores en un comedor aristocrático repartían bebidas y cantidades ingentes de langostinos con gabardina y jamón de pata negra cortado en lonchas finísimas. Nuevas bandejas llenas de comida y bebida no dejaban de circular entre los centenares de invitados. No sé si fue a media noche cuando se hizo el silencio, y todo el mundo se quedó inmóvil y mirando en la misma dirección. Después de años de preparativos y de seis meses de celebraciones la Expo del 92 terminaba con un espectáculo de fuegos artificiales que durante varios minutos llenó el cielo de la noche de octubre, duplicándose en la superficie quieta del Guadalquivir. Tras la explosión del último cohete todo el mundo aplaudió a la nada en aquella terraza.

50

Muchos abusos se han cometido en secreto, y era muy difícil averiguarlos. Habrá delitos de los que no sabremos nada nunca y expolios que permanecerán impunes para siempre. Pero han sido innumerables los hechos escandalosos que sucedían a plena luz y en los que nadie reparaba, que activamente se elegía no ver, o ver y fingir que no se veía, o que se estaba viendo lo contrario. Ver y callar. Ver y decir no lo que se piensa sino lo que se sabe que conviene, lo que se espera que uno diga: contadas veces por miedo, muchas más por conveniencia, por gregarismo, por moda. Había motivos para callar por miedo en el País Vasco, y durante unos años fue peligroso dar la cara contra el terrorismo en cualquier sitio de España. Con esa excepción, quien pudiendo levantar la voz ha elegido callar lo ha hecho por comodidad, y quien ha dicho lo contrario de lo que pensaba ha sido por cinismo, o por no poner en peligro la pertenencia a su grupo. En España ha habido demasiados siglos de dictaduras y de intolerancia como para que arraigara la libertad de pensamiento, y la democracia no ha durado lo bastante como para habituarnos al ejercicio verdadero de la libertad de expresión. Cuando en 1976, en 1977, fue posible decir y escribir abiertamente lo que uno quisiera, las personas de izquierdas teníamos el vicio arraigado en la clandestinidad de no decir nada que favoreciera al enemigo o que pudiera ser usado contra los que considerábamos los nuestros. La ropa sucia se lavaba en casa. Y para asegurarse de que no salía de allí lo mejor era que se quedara sin lavar. Durante mucho tiempo, en plena democracia, la izquierda no llamó crímenes a los crímenes terroristas porque al fin y al cabo los terroristas habían participado en la lucha contra Franco y porque una banda de individuos armados que dicen formar un movimiento de liberación no acaban de perder su prestigio de guerrilla romántica.

Orwell siempre: el lenguaje político está diseñado para hacer verdadera la mentira y respetable el asesinato. En su primer número, el 4 de mayo de 1976, el diario *El País*, el primero que nació después de la muerte de Franco y limpio de toda complicidad con él, en la portada, en una sola columna esquinada, traía la noticia del asesinato de un guardia civil en el País Vasco. «Guardia civil muerto», decía. Muerto como si hubiera muerto en un accidente de tráfico o de un ataque al corazón. Eran los tiempos en los que la derecha llamaba a la dictadura «el régimen anterior». Han pasado treinta y tantos años y una de las razones de que la libertad de expresión siga siendo tan difícil de ejercer en España es que ni a un lado ni a otro se ha practicado la crítica hacia los propios orígenes y los propios errores, y porque las iniciativas de concordia que permitieron entonces el establecimiento de la democracia ahora han desaparecido en un repliegue hacia la intransigencia, en el que los impulsos sectarios de la clase política han sido alentados y hasta jaleados por una parte de la clase periodística, por la parte más visible de la clase intelectual.

Como en la retórica infecta de los tiempos de Franco, entre nosotros la palabra *adhesión* sigue llevando adherido el adjetivo *inquebrantable*. Qué posibilidades puede haber de verdadero pluralismo en un país donde el parlamento, que debería ser por naturaleza el escenario privilegiado de los debates públicos, el lugar donde se manifiesta a la vista de todos la variedad de las posturas y las opiniones legítimas, de la disidencia radical y también de la capacidad de acuerdo, ofrece a diario el espectáculo entre grotesco y degradante de la obediencia en bloque a las directrices del partido, el aplauso cerrado al líder, el insulto soez al contrario. La forma del hemiciclo subraya la semejanza con una plaza de toros agitada por las feroces diferencias binarias españolas: sol y sombra, izquierda y derecha, palmas y bronca, energumenismo amparado en la masa. Las transmisiones de televisión captan la monotonía disciplinaria, pero no la gresca como de escolares zánganos con que muchos de sus señorías saludan las intervenciones de alguien del partido contrario.

51

Está bien visto agredir al contrario: alzar la voz más alto que nadie en el bramido común, en el caldo espeso de la fraternidad partidista, identitaria o tribal, que nunca se fortalece más que en el impulso de embestir. En los mítines y en los comentarios de las tertulias se repite la misma exclamación intraducible: *¡Dales caña!* El eje de la vida política española no es el debate educado en las formas y riguroso en las ideas sino el mitin político, en el que las formas son ásperas y con frecuencia brutales y las ideas no existen, o quedan reducidas a consignas y exabruptos, y el adversario al guiñapo de una caricatura. En el podio del palacio de los deportes o de la plaza de toros el líder candidato acepta benévolamente el aplauso entusiasta que ha interrumpido el crescendo calculado de su discurso y ve que se encienden los pilotos rojos de las cámaras de televisión, indicando que lo que diga desde ahora se estará emitiendo en directo, o formará parte de un programa informativo: el dominio de los partidos políticos sobre cada esfera de la vida española es tan absoluto que son los partidos mismos los que imponen la información que se da sobre ellos, los pasajes exactos de los discursos de sus oradores que transmitirán la televisión y la radio.

De esa complicidad humillante son responsables los que la imponen, pero también los que la aceptan. Entre unos y otros han reducido la libertad de expresión a un intercambio de improperios. Probablemente no hay un país en el que se discuta y se escriba tanto de política y en el que sin embargo sea tan raro el debate: el contraste argumentado y civilizado de ideas en el que cada uno se expresa con libertad y está dispuesto a aceptar que el otro tenga una parte de razón y hasta a cambiar de postura si se le ofrecen motivos o datos que desconocía y que puedan persuadirle; la convicción de que, por debajo de las divergencias, incluso las más tajantes, hay una base sólida de acuerdo, y por lo tanto la posibilidad de encontrar un terreno intermedio, de ceder en algo para ganar en algo.

52

Es muy difícil llevar la contraria en España. Llevar la contraria no a los del partido o a los del bando contrario, sino a los que parecería que están en el lado de uno; llevar la contraria sin mirar a un lado y a otro antes de abrir la boca para asegurarse de que se cuenta con el apoyo de los que saben o creen que uno está a su favor; llevar la contraria a solas, a cuerpo limpio, diciendo educadamente lo que uno piensa que debe decir, lo que le apetece decir, lo que le parece indigno callar, sabiendo que se arriesga no a la reprobación segura de quienes no comparten sus ideas sino al rechazo ofendido de los que lo consideraban uno de los suyos; llevar la contraria no a visiones abstractas y totales del mundo sino a hechos particulares de la realidad.

Es muy difícil no pertenecer a un grupo, a una tribu, a una patria, a lo que sea, con tal de que sea seguro y colectivo, de que ofrezca una protección incondicional, si bien al precio de abdicar del derecho al libre pensamiento: a cambiar de opinión, a no ajustarse a lo que se exige o se espera o se da por supuesto de uno, a no aprobar todas y cada una de las cosas que hacen aquellos de los que uno mismo se siente más cerca, a los que uno ha defendido, los que sin embargo no aceptarán que se aparte ni un milímetro de la ortodoxia que ellos mismos marcan.

En un país tan invadido de nacionalismos no cuesta casi nada que a uno lo llamen traidor; y aunque en él las iglesias estén cada vez más desiertas casi cualquier disidencia provoca el escándalo de la apostasía. El primer requisito público es una declaración de ortodoxia, sea en el interior de la causa que sea; el castigo del desvío es el sambenito y el anatema. Tan difícil como pasear libremente por el campo en Estados Unidos es ejercer de verdad la libertad de expresión en España. Esa naturaleza americana que parece tan primigenia y abrumadora al europeo está rigurosamente dividida por límites de propiedad, por vallas de alambre espinoso y carteles terminantes que prohíben el paso. Y bastará que uno se adentre por equivocación en un camino particular a través de un bosque que parece haber permanecido virgen durante varios siglos para que el propietario tenga el derecho a pegarle un tiro.

El guirigay español parece igualmente una tierra sin ley en la que todo puede decirse y en la que no existen los controles de legalidad o de buena educación que en tierras menos vehementes protegen contra la calumnia, pero en cuanto uno intenta dar un paso fuera de los caminos señalados corre el peligro de darse de bruces contra un muro coronado de trozos de cristal o de encontrarse en mitad de un campo minado. En ningún otro país que yo conozca está tan extendida la profesión de opinador, en voz alta o por escrito. Pero tampoco creo que haya otro país, salvo los sometidos a un régimen autoritario, en el que las opiniones sean tan reiteradas y tan previsibles y se encuentren divididas en posiciones tan inmóviles como las de la guerra de trincheras. Los españoles tendemos a imaginar que somos gente impulsiva, tan auténticos que decimos sin miramiento lo que nos pasa por la imaginación o lo que llevamos dentro. Incluso disculpamos y hasta celebramos la grosería porque nos parece más verdadera, porque nos gusta imaginarnos poseídos por una espontaneidad tal vez incómoda, sí, pero también libre de hipocresía. De alguien que escribe o habla usando interjecciones e insultos se supone distraídamente en seguida que «no tiene pelos en la lengua», o que no es «políticamente correcto». Si se examina lo que dice o escribe el presunto valentón se descubre que suele ser puro aire, y que el enemigo al que ensarta con su lanza después de una rugiente cabalgada era un muñeco de paja, incluso a veces un pobre desgraciado que no tendrá manera de defenderse, o una abstracción demasiado vaga para que proceda de ella ningún peligro real.

El periódico, la emisora, la página de Internet, es una trinchera bastante cómoda desde la que se dispara a un enemigo al que en realidad nunca se tiene cerca. Los nuestros están de este lado, los otros al otro lado de la tierra de nadie. Mientras se esté seguro de disparar hacia ellos y de permanecer bien agazapado no hay riesgo ninguno, por muy gruesa que sea la munición que se use. La confusión de las voces es en gran medida una cámara de ecos. Lo que se escribe o se dice no está destinado a rebatir los argumentos de los otros y a emprender por lo tanto un diálogo sino a excitar a la propia parroquia, que pide siempre más, como el público en los mítines, o como los aficionados que abroncan al torero si no se arrima más al toro. Lo que escucha el que habla no es la voz del otro sino su propia voz amplificada por los suyos.

53

El problema empieza cuando se escribe o se dice algo que incomoda a alguien de este lado, cuando se desafía a conciencia o sin premeditación la ortodoxia de los que son cercanos, cuando se sale uno de los caminos señalados y quiere pasar por debajo de una valla o pisa en lo que no sabía que era un campo de minas, cosa nada difícil en un país en el que las convicciones tienden a ser tan de una pieza como las identidades, y en el que nada despierta más recelo que una posición que no sea exactamente previsible; cuando por no querer acogerse a una trinchera o a otra se encuentra en la tierra de nadie y le llega por todas partes el fuego cruzado de los que se han puesto de acuerdo para hacer puntería sobre él. Igual que los paleontólogos pueden reconstruir un individuo entero a partir de un trozo de mandíbula fósil, en España es posible predecir con mucho menos margen de error el catálogo entero de las ideas políticas y religiosas y hasta de los gustos estéticos de muchas personas sin tener más información que la emisora de radio que escuchan o el periódico que leen: como un paquete turístico en el que todo viene incluido; como un bloque compacto en el que cualquier amenaza de fisura provoca una reacción a la vez defensiva y agresiva.

Dos integristas de religiones distintas se entienden mucho mejor entre sí que con un ateo o un agnóstico, y aliarse contra él les costará mucho menos que reconocerle el derecho a su disidencia. En España quedarse o sentirse solo puede ser terrorífico; quedarse solo por haber llevado la contraria a algún mandamiento en la ortodoxia del propio bando sin la menor intención de pasarse al bando contrario, con la plena convicción de que la vida es tan complicada que raramente las personas, las ideas, las posturas políticas, pueden dividirse en dos bandos, en bandos, con la connotación tribal que ya tiene esa palabra. Quedarse solo como se quedaron solos Manuel Chaves Nogales y Arturo Barea, defendiendo la República pero negándose a aprobar o a no ver los crímenes que se cometían en su nombre durante la guerra; quedarse solo como Néstor Almendros cuando volvió de Cuba después de haber sido perseguido por su condición de homosexual y descubrió que sus amigos homosexuales y progresistas le negaban el saludo por criticar a Fidel Castro; quedarse solo como el conservador que defiende el laicismo o el progresista que no renuncia a su fe religiosa, como el homosexual que vindicó sus derechos cuando estaban proscritos y ahora está casado con otro hombre y sabe que muchos de los suyos lo denigrarán si se atreve a decir que no le gusta el despliegue folclórico de carrozas y música disco del Orgullo Gay; quedarse solo en una intemperie política en la que no habrá grupo que lo defienda ni lo proteja a uno y en la que algunas personas le manifestarán su simpatía en privado, pero nunca en público, y en la que otras aprovecharán para hacer méritos ante los suyos agrediéndolo sin ningún peligro, hasta fingiendo una adecuada indignación.

El resultado es que muchas personas que habrían debido hablar han callado y siguen callando, y que en España sea tan común decir una cosa en público y la contraria en privado, y actuar de una manera y opinar de otra. Muchas cosas, simplemente, no pueden decirse. Ningún comentario sarcástico o negativo está permitido sobre ninguna ciudad (con excepción de Madrid), pueblo, provincia, comarca, región, nacionalidad, acento, gremio, colectivo organizado. Hasta la broma más suave puede ser entendida como un agravio, y como en España una cosa que abunda mucho es la valentía colectiva y anónima, sobre todo cuando se ejerce sobre una persona inerme, el que diga algo inconveniente corre el peligro de un linchamiento que no siempre se queda en lo verbal, o en lo simbólico: no faltarán ultrajados que difundan por Internet su teléfono y su dirección, por ejemplo.

Los mismos que nombran a alguien hijo predilecto

lo pueden declarar hijo pródigo o persona non grata. La consecuencia es el cinismo, de nuevo, el desánimo o el apocamiento de los templados ante la furia de los que gritan más, la aceptación resignada o cómplice de la discordancia entre las palabras y los actos, entre la pureza de los principios y la desvergüenza de los comportamientos; la astucia de decir lo que conviene, y no lo que se piensa, de alentar el halago mucho más que la autocrítica. Por eludir el peligro se usan circunloquios y sobrentendidos que sólo entienden los que de un modo y otro pertenecen al círculo de iniciados. En un país donde se celebra el despechugamiento expresivo y se presume de espontaneidad es muy raro que se llame a las cosas por su nombre. Venganzas personales se ventilan en público con dardos venenosos que sólo capta el que los lanza y el que los recibe. Tal vez por eso muchos extranjeros que conocen bien nuestro idioma y tienen interés en nuestro país confiesan que no entienden nuestros periódicos. Entre nosotros el debate civil está tergiversado por la hipocresía.

54

También por una sincera decisión de no ver, tan continuamente ejercida que se convierte en un hábito. No ver lo que se tiene delante de los ojos. Negarse a verlo si a pesar de todo se le filtra a uno a la conciencia. Verlo y hacer como que no se ha visto y no decir nada para no ser acusado de apostasía, de haberse pasado al enemigo, o peor aún, de no pertenecer al grupo de los que tienen garantizada la limpieza de sangre, la pureza sin mancha, política, identitaria, sexual. No ver nada y fingir que sí se está viendo lo mismo que ven todos, con más convicción cuanto menos se vea o cuantas más dudas íntimas se tengan, no sea que se le descubra a uno la simulación.

Para entender lo que ha pasado todos estos años en España hay que leer algunos de los pocos informes internacionales que avisaban sobre la posibilidad del desastre pero sobre todo hay que leer a Cervantes, que tenía una conciencia política tan aguda, y que con su serena ironía caló mucho más hondo que Quevedo con todas sus interjecciones y retruécanos. Hay que leer los capítulos de la segunda parte del *Quijote* que transcurren en el palacio de los duques, y sobre todo uno de los entremeses, el de *El retablo de las maravillas*.

En sus posesiones de Aragón, el duque y la duquesa a los que Cervantes nunca da nombre viven en una especie de mundo paralelo en el que se celebran continuos simulacros barrocos con la única finalidad de ridiculizar a don Quijote y a Sancho: grandes desfiles nocturnos con carrozas y antorchas, fiestas complicadas en las que centenares de personas se disfrazan y actúan como comparsas en el gran engaño. Uno lee esos capítulos de la novela e imagina la miseria y el descalabro de la realidad española de entonces y no puede dejar de preguntarse de dónde venía el dinero para pagar todas aquellas representaciones fantásticas de la corte de los duques, no más irreales probablemente que las de la corte del rey, no mucho menos insensatas que las guerras internacionales en las que se tiraba el oro venido de América y el dinero de los impuestos que arruinaban todavía más a los campesinos de Castilla.

Aparte de la calidad de la escritura satírica, que tiene algo de esperpento anticipado, *El retablo de las maravillas* se distingue por un rasgo original en la trama, añadido por Cervantes al cuento del traje nuevo del emperador. Un par de estafadores aparecen en un pueblo anunciando que presentarán el espectáculo más asombroso que se ha visto nunca en el teatro. Pero hay una condición, una exigencia: sólo podrá ver los portentos que se muestran en el retablo quien no tenga un origen ilegítimo o de judío converso. «Ninguno puede ver las cosas que en él se muestran que tenga alguna raza de confeso, o no sea habido y procreado de sus padres en legítimo matrimonio.» El alcalde del pueblo al que llegan los pícaros urdidores de la estafa, un bruto sin luces, se apresura a declarar: «Cuatro dedos de enjundia de cristiano viejo rancioso tengo sobre los cuatro costados de mi linaje.»

Viniendo él de un linaje tan dudoso, Cervantes sería muy sensible al ridículo de tales proclamaciones de limpieza de sangre, y también al absurdo de un país en el que prevalecían sobre cualquier mérito. Igual que a Sancho Panza su condición de cristiano viejo le bastaba para ser gobernador, al músico que acompaña el retablo le acredita no su talento, sino el ser «muy buen cristiano e hidalgo de solar conocido». A lo cual añade otro personaje: «¡Cualidades bien necesarias para ser buen músico!»

Importa la identidad originaria sin mancha. Y para que no se dude de ella lo más seguro es esforzarse en ver lo que ven todos los demás, o lo que parece que están viendo, porque en la conciencia de cada uno de los pueblerinos opera el mismo chantaje unánime. Empieza la función y los espectadores ven a Sansón derribando las columnas del templo, ven una inundación de ratones escapados del arca de Noé, dicen sentir sobre ellos el agua de una catarata del Jordán, se asustan cuando ven llegar «docenas de leones rampantes y osos colmeneros». Y cuando de pronto irrumpe alguien que no participa como estafador o estafado en el delirio de la farsa y por lo tanto atestigua que el escenario está vacío, el alcalde analfabeto lo señala con un anatema terrible, que en aquellos tiempos podía llevarlo a uno a los calabozos o a la hoguera: «¡De ellos es, pues no ve nada!»

De ellos: los judíos, de los que ni siquiera pueden nombrarse, porque sería reconocer que existen, mancharse con su impureza. Sólo fingiendo o creyendo ver lo que no existe se está seguro de no pertenecer a ese *ellos* infame. El solo hecho de ver la realidad y contarla lo convierte a uno en un proscrito, en un disidente, en un raro: en un aguafiestas.

55

Me acuerdo de un regreso de Nueva York, un poco antes de las elecciones de 2008, cuando en España aún era posible vivir en el país del pasado. Desde el verano anterior los síntomas de la crisis ya eran muy visibles en Estados Unidos. En nuestro barrio cerraban negocios que habían estado allí desde siempre; personas que conocíamos perdían sus trabajos; en los periódicos ya se hablaba abiertamente del hundimiento del mercado inmobiliario en Florida. La sensación de alarma se percibía en las conversaciones, en las caras de la gente. Venir a España era llegar a otro mundo. Estaban llenos los restaurantes y las tiendas de lujo. Por las calles y en las carreteras se veían más coches caros que nunca. El bosque de perfiles quebrados de las grúas seguía creciendo sobre el horizonte de Madrid.

Venir era encontrarse sumergido de pronto en el chapoteo de agua sucia de la campaña electoral. Mi mujer y yo estábamos invitados a una comida más o menos profesional en un restaurante, una de esas ocasiones en las que el trabajo y los afectos se mezclan con una fluidez española que puede a veces ser muy grata: una editora en activo, un editor en excedencia, un novelista editor, un periodista cultural, nosotros. El restaurante era muy bueno y muy caro y al dueño le encantaba tenerlo lleno de gente conocida. Cocina muy terrenal y diseño de firma. El dueño estaba tan orgulloso de la firma del arquitecto que se lo había diseñado como de la calidad exquisita de sus hortalizas. Ahora sabemos que eran otros tiempos. Pero entonces, entre las personas progresistas que simpatizaban con el gobierno, no estaba bien visto sugerir que esos tiempos podían no durar. Había problemas, pero era en Estados Unidos. Los bancos españoles eran mucho más firmes. El Banco de España no les había permitido enredarse en los contorsionismos financieros que amenazaban con arruinar a los bancos americanos. Y bastaba dejar de leer un rato a los interesados agoreros de la derecha para tener delante de los ojos la prueba de que la economía española seguía gozando de una salud magnífica: bastaba mirar alrededor, en aquel mismo restaurante, tan caro y tan lleno siempre, ir por la calle y asomarse a las tiendas. Estábamos creciendo al 3,8 %: lo recordaba el presidente en todos los mítines, ante el clamor unánime de la militancia, el presidente que había borrado de su vocabulario la palabra crisis, incluso para negarla. Mi mujer y yo insistíamos en que no era posible que nos libráramos durante mucho tiempo del contagio de lo que estábamos viendo suceder en Estados Unidos. Y entonces uno de los comensales, poniéndose serio, nos dijo:

—Es propaganda de la derecha. La derecha quiere sembrar el miedo para hacerle daño al gobierno.

Lo dijo de esa manera terminante en que se emiten las opiniones políticas en España: las que sirven no para animar una discusión, sino para volverla imposible. Puesto que es la derecha la que la anuncia, la crisis no puede ser verdad. Y en el tono no falta un filo de reprobación, hasta de advertencia: quien hablara de crisis estaría haciéndole el juego a la derecha. Negando con su sonrisa invariable que fuera cierto el fragor del alud que ya estaba acercándose el presidente del gobierno y su partido volvieron a ganar sin dificultad las elecciones de 2008, y después de ganarlas siguieron todavía empeñados en no ver ni escuchar, incluso cuando empezaban a hundirse uno tras otro los tinglados financieros en Estados Unidos, los portentos más sólidos desvaneciéndose en el aire.

56

He querido saber cómo era de verdad ese tiempo. El recuerdo no basta nunca. El recuerdo engaña porque la memoria es mucho más frágil e infiel de lo que parece y porque al proyectar hacia atrás lo que sabemos ahora nos convierte en adivinos del pasado. Pero el pasado es un país extranjero, como dice ese escritor británico, L. P. Hartley, del que yo sólo conozco esa frase memorable, con su segunda parte: el pasado es otro país y allí las cosas se hacen de otra manera.

Día tras día, entre finales de julio y principios de agosto, he tomado un taxi en el Madrid cada vez más desierto y he viajado en el tiempo. Iba y volvía. Empezaba hacia las once de la mañana y me quedaba en el pasado hasta las dos y media de la tarde. Hubiera querido quedarme mucho más, sin interrupción para comer, sin volver a casa para dormir un rato de siesta y esperar a que con la caída de la tarde fuera llegando la hora de ponerse a escribir. En el taxi, en el camino de ida y en el de vuelta, he escuchado en la radio las noticias de 2012: los incendios forestales que no hay manera de atajar, la inanidad del gobierno, la distracción desmayada de los Juegos Olímpicos. Según avanzaba agosto el apaciguamiento antiguo de las vacaciones se convertía en la tensión de una espera, en una parálisis: en cuanto acabe la tregua y empiece septiembre arreciarán los desastres.

He ido a la hemeroteca de *El País* para leer los periódicos de 2007. No he avanzado mucho, y quizás no era necesario. En la literatura fantástica los viajes al pasado siempre están sujetos a algún tipo de restricciones. En la última novela de Stephen King un pasillo o un atajo en el tiempo lleva siempre a la misma fecha y a la misma hora, una mañana de verano de 1957.

Yo no sabía que el pasado en papel ocupara tanto espacio, pesara tanto. Me he encerrado en un pequeño despacho con una torre de volúmenes encuadernados que correspondían tan sólo a dos meses, enero y febrero de 2007. Tres volúmenes enormes por cada mes: los centenares de anchas páginas de cada uno cubren muy poco tiempo, diez días. Y en revisar el periódico de cada día se va fácilmente más de una hora.

Ahí está el tiempo, en estado puro, en presente, no sólo en las palabras escritas y en las fotografías sino también en el tacto, en el olor del papel, el tiempo rozado y olido, tan respirable como el aire de una habitación que permaneció años cerrada. Podría consultar el periódico en Internet, pero no es lo mismo. En Internet todo queda igualado por la asepsia de la pantalla y la celeridad de las búsquedas. Trabajando en casa he indagado en Internet noticias de 2007 y de 2008, pero no he tenido la posibilidad de deambular por las páginas, la plaza pública de los titulares de portada y también los callejones de los anuncios por palabras, los callejones sórdidos de los anuncios de prostitución, de perderme en las tupidas páginas de ofertas inmobiliarias, de distraerme con alguna información menor que en apariencia no tiene nada que ver con lo que yo buscaba pero que acaba siendo mucho más reveladora que una noticia espectacular.

57

Otras veces, mientras escribía novelas, he consultado periódicos de mucho tiempo atrás: del verano de 1936, del de 1969. Eran países lejanos por los que sólo se podía transitar como un extranjero, o ni siquiera eso: verlos tras un cristal, además no muy limpio. Leer el periódico de hace cinco años es como pasear por la ciudad de uno hace cinco años: en el recuerdo es la misma, pero si uno tuviera la posibilidad de caminar por ella se asombraría de todo lo que no reconoce, todo lo que se borró hace tan poco y sin embargo no ha dejado rastro. La ciudad es otra, el pasado es otro. Ir pasando las hojas que en ese tiempo tan breve ya son un poco quebradizas y encontrar por sorpresa algo que escribió uno mismo es como ir por esa ciudad conjetural de hace cinco años y verse desde la calle, charlando con alguien en el interior de un café, en una de esas escenas chocantes de la propia vida que se han borrado por completo. Todo está cambiando siempre, la cara de uno y la ciudad en la que vive y el periódico que más bien por militancia sentimental se empeña en seguir comprando a diario: pero los cambios son tan graduales que nos permiten el espejismo de una permanencia ilusoria, y nos reconcilian con lo que fue o lo que fuimos en un pasado distante. Por eso choca tanto encontrarse de golpe y sin preparación con la evidencia de cambios que uno no contaba con que fueran tan graves.

Enero y febrero de 2007 son un país mucho más raro, más estridente, todavía más aturdido de lo que uno creía recordar; un país ya poco imaginable en que la primera preocupación y el asunto más urgente que tratan los periódicos es el terrorismo. Qué rápido se olvida todo: a principios de enero de 2007 todavía resonaba la explosión que había destruido un aparcamiento de la terminal flamante de Barajas matando a dos emigrantes ecuatorianos que tuvieron la mala suerte de venir de tan lejos para convertirse en carne de cañón de los libertadores de la patria vasca. Venir de tan lejos para que lo maten a uno y para que al poco tiempo no quede el menor recuerdo: con la misma sensación de remordimiento comprobé, mientras buscaba información sobre las elecciones de 2008, que se me había olvidado por completo el asesinato de un concejal en aquellos días, al principio de la campaña, el último muerto de todos, el más desasistido, el más rápidamente borrado de una memoria colectiva que a nada se apresura más que a olvidar a las víctimas, Isaías Carrasco.

2007 es un país salvaje. El periódico que he hojeado en el taxi que me llevaba a mi viaje en el tiempo tiene tan pocas páginas que penosamente se deshace en las manos, se desvanece en el aire. El periódico de un sábado o un domingo de enero de 2007 es un bloque tupido de tipografía en el que uno no termina nunca de pasar todas las páginas, en el que se acumulan con parecida glotonería los reportajes y los artículos larguísimos de opinión y los anuncios, páginas enteras que ofrecen coches de lujo, cruceros, viajes exóticos, clínicas de cirugía estética, áticos en el centro de Madrid, secciones tan gruesas como antiguas guías de teléfonos con anuncios de venta de pisos, de urbanizaciones enteras, de todo tipo de placeres eróticos.

58

En ese país extraño todo es superlativo y todo está en crecimiento, y los datos que se publican en los resúmenes de 2006 son un catálogo de récords. En 2006 se inició la construcción de 798.700 viviendas, la mayor cifra de la historia. España acapara el 26 % de los billetes de 500 euros en circulación por Europa. En Villanueva de la Torre, provincia de Guadalajara, la población ha pasado en un año de 500 a 1.500 vecinos. En Chiloeches, que tiene 2.200 habitantes, se planean construir 6.500 viviendas y un campo de golf con 800.000 metros cuadrados. Seseña, que tenía 3.600 habitantes en 1996, tiene a principio de 2007 16.000, y aspira a pasar de 5.096 viviendas a 32.000 y llegar muy pronto a los 100.000 habitantes.

Ribatejada quiere multiplicar su población por 11 y construir 2.200 chalets sobre 1.290.000 metros cuadrados de suelo hasta ahora rústico, una parte de él zona de protección especial de aves. Su alcalde declara que los vecinos se harán ricos con las recalificaciones, no sin quejarse de las trabas que sufren por la presión de los ecologistas: «En las localidades manchegas se están cargando encinas así de gordas y a nosotros nos piden explicaciones por una retama.» El alcalde de Torrelodones otorga 1.343 permisos de viviendas en contra de la ley, recalificando 128 hectáreas.

Las perspectivas económicas para 2007 son aún mejores que las de 2006. El Fondo Monetario Internacional pronostica un crecimiento de la economía mundial del 4,9 %. Almuñécar (Granada) prevé construir 34.933 viviendas y cuatro campos de golf, pasando de 26.000 a 90.000 vecinos. Sanabria de Guadiana, con 400 habitantes, pasa de 9 hectáreas urbanizables a 181. En el bautizado como «Manhattan de Cullera», en la desembocadura del Turia, se levantarán 35 rascacielos. En Alicante un empresario gana 120 millones de euros al conseguir que se declaren edificables unos terrenos situados en un humedal. En Las Navas del Marqués el ayuntamiento aprueba la tala de 3.000 pinos protegidos para crear la «Ciudad del Golf», que contará con 1.600 chalets, un hotel y cuatro campos de golf. El suelo se revalorizó en España un 500 % entre 1997 y 2007. Los precios de los pisos de lujo son más altos en Madrid que en Nueva York, Montecarlo, Tokio, Hong Kong, Singapur y Dubái. Brea de Tajo, con 486 habitantes, quiere crecer según su alcalde hasta los 60.000, edificando 2.731 viviendas sobre 2.450 hectáreas. El municipio de La Vila Joiosa ha aprobado un plan para pasar de 25.000 a 137.000 habitantes, construyendo 34.633 viviendas y tres campos de golf. El ayuntamiento de Torrelodones retira la protección ambiental a un área de 20.000 encinas y 1.500 enebros, muy rica en aves protegidas, para construir 1.500 viviendas. La Comunidad de Madrid construye un campo de golf dentro de la ciudad, en terrenos del Canal de Isabel II originariamente destinados a parque público. En Pilar de la Horadada, Alicante, se construyen 5.200 viviendas sobre 2.600.000 metros cuadrados de suelo rústico. Serranillos del Valle, a 32 kilómetros de Madrid, aprueba construir 1.430 viviendas y un campo de golf de 18 agujeros sobre 2.294.568 metros cuadrados de suelo rústico. En Madrid se han construido o están en construcción 30 campos de golf, 42 en Cataluña, 89 en Andalucía. La sociedad Royal Marbella Estates adquirió entre 2002 y 2004 fincas rústicas por valor de 9,71 millones de euros, vendiéndolas en 2004 por 101,6 millones, con un beneficio de 91,9 millones de euros. Totana, en Murcia, aprueba la construcción de 40.000 viviendas, 4.000 de ellas en terreno arqueológico y forestal, sin tener garantizado el suministro de agua. España alcanza los 20 millones de puestos de trabajo. En 2006 se crearon 687.500, la mayor parte en la construcción. Caja Madrid obtiene 1.052 millones de beneficios, gracias sobre todo a su sector inmobiliario. Fresno del Torote, a 44 kilómetros de Madrid, aprueba la construcción de 3.000 viviendas en una zona de protección de aves migratorias.

La densidad del tráfico satura el litoral mediterráneo. En los próximos cinco años España invertirá unos 10.600 millones de euros para renovar 9.900 kilómetros de su red de carreteras. La Confederación Hidrológica del Tajo no garantiza el agua a las 1.132 viviendas aprobadas por el ayuntamiento de Paredes en un área recalificada de 92 de hectáreas, muchas de ellas situadas en el área de inundación de un arroyo. Fernando Martín, dueño de la inmobiliaria Martinsa, compra su rival Fadesa por 4.045 millones. Los fondos especializados en acciones españolas ganan entre el 30 y el 40 % más en 2006. Valdemoro aprueba la construcción de 15.000 viviendas, y Rivas otras 15.000. Casarrubios, con 2.500 habitantes, dispone de piscina olímpica, escuela de música, frontón y campo de fútbol con césped artificial. El grupo Sacresa, principal accionista de Metrovacesa, tomará prestados 2.100 millones de euros para financiar un aumento de su participación en la mayor inmobiliaria española. En un mercado de vértigo, la feria de arte Arco arranca en medio de la euforia presentando obras de Damien Hirst que oscilan entre los 300.000 y los 700.000 euros. La diputación de Segovia acuerda retirar la protección ambiental a una finca de su propiedad, La Quintanilla, en Palazuelos de Eresma, para construir en ella un campo de golf, un parque empresarial y de congresos y cuatro hoteles. El beneficio del grupo Prisa creció el 50 % y su facturación publicitaria el 45,8 %. El BBVA compra un banco en Estados Unidos por 7.400 millones de euros. España vuelve a sorprender internacionalmente con mejores resultados económicos de los previstos. El superávit de la seguridad social está incluso por encima de las previsiones del gobierno. Las fábricas de Villacañas llegan a una producción récord de un millón de puertas al año. La terminal nueva de Barajas, que costó 6.300 millones de euros, es la cuarta de Europa por aterrizajes y despegues y la quinta por pasajeros.

59

El beneficio de Caja Castilla-La Mancha sube un 39 %. El de Caja Astur un 31,9 %. La inmobiliaria Inbesós sube un 66,7 % en bolsa en sólo dos días. El consejero delegado y los ejecutivos de Caja Madrid ganan 11,7 millones de euros. La hipoteca Blue Joven del BBVA financia hasta el 100 % de una casa a un plazo de 40 años, con 60 meses de carencia. Ante la falta de profesionales, las empresas de la construcción los cazan a pie de obra, robándoselos a la competencia. La bolsa española se sitúa de nuevo en 2007 como la más rentable de Europa. El grupo inmobiliario Marina d'Or ganó 117 millones de euros, frente a los 63 del año anterior. Caja Burgos aumenta el beneficio un 31 %. La economía acelera el crecimiento hasta un 4 %, dos décimas más de lo previsto. El grupo constructor ACS, con un beneficio neto de 1.250 millones, duplica sus ganancias sobre el año pasado. La inmobiliaria Urbis ganó 204 millones el último año, un 38 % más que el año anterior. Banca March aumenta su beneficio un 90 %. El beneficio del área inmobiliaria de Sacyr creció un 34 % en 2006. El beneficio total de las cajas crece un 48 %. La inmobiliaria Renta Corporación ganó 47,5 millones de euros, el 46 % más que el año anterior. En enero de 2007 había en circulación en España 111 millones de billetes de 500 euros, un 15 % más que en la misma fecha de 2006. En una rotonda de acceso al pueblo de Navalcarnero, con 18.000 habitantes, se ha instalado la escultura *Chrystal Garden*, del artista americano Dennis Oppenheim, al que el ayuntamiento ha pagado 500.000 euros.

En 2012 Madrid podrá presumir de tener el complejo de Justicia más grande del mundo. Ferrovial ganó un 243 % más que el año pasado, gracias a la venta de su división inmobiliaria, que le reportó 1.425 millones. El BBVA gana 4.736 millones, un 20 % más que el año anterior. España es ya la séptima economía mundial. El P.I.B. español rozó en 2006 el billón de euros, con un crecimiento del 3,8 %, que supera el de los siete mayores países industrializados. El Santander se convierte en el séptimo banco mundial por ganancias, con 7.596 millones de euros. Bancaja alcanza un beneficio espectacular de 796 millones de euros netos, cifra que supone un 140 % con respeto a los beneficios de 2005. Santander, BBVA, La Caixa, Caja Madrid y Banco Popular, los cinco grandes de la banca española, elevan su beneficio un 31,5 %. En enero de 2007 se alcanza el récord absoluto de ventas de automóviles, con 116.503 unidades. La bolsa española marca un nuevo máximo histórico. La bolsa negocia casi 140.000 millones, un 39 % más que en el mismo mes de 2006, la cantidad más alta de la historia. Alcorcón proyecta un enorme complejo cultural y de creación artística que costará 180 millones de euros.

El consumo de cemento creció un 8,2 % en 2006. España es el mayor consumidor europeo, con 55,7 millones de toneladas. Las 30 primeras promotoras crecen un 24 % y facturan 15.000 millones de euros. En España hay 95,7 oficinas bancarias por cada 100.000 habitantes, la proporción más alta en el mundo. La Confederación Hidrográfica del Tajo no garantiza el suministro de agua a 22 nuevos desarrollos urbanísticos. En la clausura de la Asamblea General de las Cámaras de Comercio, el presidente Zapatero destacó que la economía española está «imparable», con un crecimiento del 3,8 % en 2006, lo que hace prever que podamos converger en 2008 con la renta media de la Unión Europea, dos años antes de lo previsto. La Caja de Ahorros del Mediterráneo con una extensa campaña de anuncios a toda página, de elevado tono poético: «10 AÑOS CRECIENDO CONTIGO, POR TI, Y PARA TI. POR TI SEGUIMOS...»

60

Cómo es que ese ruido no nos atronaba. Qué veíamos, en qué estábamos pensando. Si mi oficio es mirar el mundo para poder contarlo cómo es que no me fijé en lo que sucedía, en lo que tenía delante de los ojos, lo que se publicaba en el periódico que yo compraba y creía leer fielmente cada mañana cuando estaba en España. Algo intuía, pero no lo suficiente, ni mucho menos. Me fijaba demasiado en la superficie política y psicológica del delirio como para reparar en lo que hubiera debido saltarme a la vista, en la cualidad delirante de la economía misma. Pero entonces las personas como yo leíamos las noticias de cultura y tal vez las de política y no llegábamos nunca a las de economía, y cuando comprábamos el periódico del domingo una de las cosas que hacíamos era separar el suplemento «Negocios» y tirarlo virtuosamente en el contenedor de reciclaje de papel que había al lado del kiosco, sin reparar siquiera en su grosor casi monstruoso, idéntico al del otro suplemento que también tirábamos, llamado casi reverencialmente «Propiedades», lleno de noticias inmobiliarias y de anuncios de venta de casas, pisos, solares, edificios céntricos, parcelas rústicas, urbanizaciones en la costa.

Jamás reparé en que hubiera día tras día tantos anuncios a toda página de coches de lujo, de cruceros en invierno y de clínicas de cirugía estética. Cada mañana pasé la página de un anuncio de BMW o Volvo si fijarme en el texto que se repetía a diario: «Estás en tu mejor momento. Que nadie te lo arruine.»

61

Como tanta gente en España, yo también estaba enfermo de pasado, contagiado del mismo delirio que me desconcertaba en los demás. Para escribir una novela leía con más atención los periódicos de 1936 que los de 2007. Me iba cada cierto tiempo de España queriendo respirar un aire público menos viciado y apartarme del ruido hiriente de la bronca política. Pensaba que estando lejos podía ver mejor mi país. Pero en realidad me olvidaba pronto de lo que había dejado atrás, y la inmersión imaginaria y emocional en la época de la novela se hacía más profunda en una ciudad extranjera. Escribiendo vivía en otro país del tiempo, también bastante roturado, entre el otoño de 1935 y el de 1936. Las noticias sobre España que leía en el *New York Times* se habían publicado setenta años atrás y no trataban de ninguna burbuja inmobiliaria sino del avance del ejército sublevado hacia Madrid en el primer verano de la guerra. Cuando regresaba al cabo de unos meses caminaba durante horas por Madrid pero lo que buscaba eran edificios que en muchos casos ya no existían y esquinas en las que habían yacido muertos olvidados o ilustres de hacía tres cuartos de siglo.

El desasosiego, la sensación de peligro y derrumbe que eran a la vez el impulso y el tema de la escritura respondían a una experiencia del todo contemporánea, pero yo no era capaz de contarlos con los materiales de mi propio tiempo. Eso me producía un remordimiento que no se alivió del todo ni cuando estaba más entregado a la novela, más poseído por ella. Yo escribía sobre la ceguera de quienes no saben ver lo que está ocurriendo en medio de la agitación del presente, por distracción, por irresponsabilidad, por ir cada uno a sus propios asuntos, por la decisión en el fondo asustada de no aceptar la posibilidad del desastre, por la pura inercia de creer que las cosas son mucho más sólidas de lo que en realidad son. Pero yo tampoco veía nada, absorto en mi escritura, encerrado en 2007 en mi cápsula de tiempo de 1936.

62

El ruido de esas cifras y esos titulares ahora inconcebibles de enero y febrero de 2007 tal vez tenía el efecto del fragor de una catarata sobre quienes viven tan cerca de ella que ya no la escuchan. Las páginas del periódico son las mismas que recorríamos entonces, pero sólo ahora vemos en ellas los signos evidentes de lo que estaba a punto de pasar. Es como volver a una novela policiaca y avergonzarse de no haber captado en la primera lectura las pistas tan poco sutiles que apuntaban hacia el desenlace. Entre 1995 y 2005, dice una información poco resaltada, al calor del *boom* inmobiliario y de los bajos tipos de interés, la deuda de los hogares españoles se ha duplicado, pasando del 57 % al 107 %. Pocos días después se cuantifica esa deuda, que ha crecido un 24 % en el último año: a principios de 2007 los españoles deben a los bancos 900.000 millones de euros. La deuda equivale al 132 % de la renta de los hogares.

No hay día en el que no se añada una de esas pistas que hubieran debido poner sobre aviso al aficionado más torpe a los misterios policiales. En 2006, sólo hasta noviembre, las cajas de ahorros han concedido créditos por valor de 488.000 millones, un 28 % más que el año anterior. Sólo en 2006 la financiación a proyectos inmobiliarios ha crecido el 49 % y alcanzado los 221.593 millones de euros. El endeudamiento por la compra de pisos alcanza los 560.134 millones de euros. El 24 de enero la OCDE calcula que la vivienda está sobrevalorada en España al menos un 30 %.

Un informe indica que aunque los beneficios de las cajas de ahorros han crecido un 48 %, «existe inquietud por que se rebaje la presencia de políticos en las asambleas, hasta llegar al 25 o al 33 %». El país que más crecía de Europa y en el que los poderosos y los aprovechados se enriquecían más obscenamente era también el que tenía el porcentaje más alto de abandono escolar, después de Malta. En la unanimidad celebratoria se infiltra a veces una observación más sobria que sin embargo nunca llega a la alarma: «A crédito o ampliando capital para captar nuevos socios, las inmobiliarias siguen de compras, haciendo caso omiso a sus elevados ratios de endeudamiento y a las subidas de los tipos de interés.»

En medio de aquella demencia de los beneficios multiplicados como por milagro de un año a otro, de los bosques de rascacielos en la orilla del Júcar y los campos de golf en los secarrales de la España pobre, se filtra de vez en cuando un aviso al que nadie presta atención, una mirada lúcida que entra en la sala del Retablo de las Maravillas y no tiene reparo en decir en alta voz que el espectáculo es una estafa y una alucinación colectiva. Cada pocos días, en enero y febrero de 2007, El Roto publicaba viñetas alusivas a la escala inmensa de la corrupción que se alimentaba de la burbuja inmobiliaria y exageraba sus efectos. Dibujaba playas desfiguradas por murallones macizos de viviendas ilegales. Dibujaba edificios en construcción de los que ascendía el hedor de la mierda. Dibujó un domingo una bola de ladrillo gigante que parecía suspendida sobre figuras humanas diminutas. El texto que puso al pie es el dictamen más contundente sobre lo que sucedía entonces, lo que sólo a él parecía que le escandalizara tan abiertamente, tan obstinadamente: *La aparición de grandes esferas de ladrillo era cada vez más frecuente, pero los expertos enviados por las autoridades para estudiar el fenómeno no encontraron nada raro.*

63

Cada día he salido del periódico mareado, intoxicado. Copiaba cifras y titulares en mi cuaderno. Apuraba el tiempo hasta el final, hasta que ya no me quedaba más remedio que llegar tarde a casa. El despacho en el que miraba los tomos del periódico antiguo estaba separado de la redacción por una pared de cristal. Me bastaba levantar los ojos para ver al otro lado del cristal el presente. Era por la mañana y era agosto y no había mucha gente en la redacción. Veía brillar de lejos las pantallas de los ordenadores con las noticias de ahora mismo. Veía el ahora mismo desde el interior de mi burbuja de palabras y tiempo de hace cinco años. Era como el mareo de un buzo que vuelve demasiado rápido a la superficie. Salía a la calle y el calor seco y extremo de Madrid caía sobre mí como una bofetada. Las zonas casi desiertas de naves industriales que atravesaba el taxi en el camino de vuelta tenían el aire de ruina del país del presente, el que se correspondía con las noticias que el taxista estaba escuchando en la radio o las que yo leía en el periódico mucho menos consistente de ahora, con muchas menos páginas, con muy pocos anuncios, con un papel más áspero que ya casi parecía estar empezando a desintegrarse.

En el periódico del 2 de febrero de 2007 había veintiocho páginas de anuncios de venta de viviendas. En el de hoy no se anuncian. Ni coches de lujo ni cruceros ni clínicas de cirugía estética ni promociones de apartamentos en primera línea de playa ni campos de golf. Recién emergido del país que tendría muy pronto más kilómetros de ferrocarril de alta velocidad que Francia y Japón me encontraba en otro donde el gobierno no parecía encontrar mejores remedios para la quiebra cercana que cobrarles las medicinas a los pensionistas o negar la asistencia médica a los emigrantes ilegales. En el periódico de hace cinco años el vicepresidente de Cataluña viaja a la India con un séquito de veinte personas: en el de hoy la Generalitat anuncia que cobrará un estipendio a los alumnos que usen los comedores de las escuelas aunque se lleven la comida de casa. Con el calor arrecian más que ningún otro verano los incendios forestales y no hay medios para atajarlos igual que tampoco hubo medios para mantenerlos limpios y prevenir la catástrofe. Una de las islas Canarias parece estar ardiendo entera sin remedio. Un locutor dice en la radio: «El fuego avanza sin control.» En el telediario veo luego una ladera ardiendo y un pequeño hidroavión que se pierde entre el humo y deja caer una carga fútil de agua sobre el bosque en llamas.

64

Así de grande era la escala del expolio que se estaba cometiendo en nuestro país hace cinco años, pero yo sólo me doy plena cuenta ahora. Era un escándalo sonoro tan continuado que tal vez no costaba mucho dejar de oírlo. Lo percibíamos si acaso como un ruido de fondo, que además podía tener manifestaciones anecdóticas, de esperpento español, de programa grosero de televisión, con una desvergüenza como de Berlusconi: los constructores ordinarios que se forraban, los ricachones en remojo en una piscina de Marbella, exhibiendo cadenas de oro en el pecho peludo. Pero yo no recuerdo haber tenido plena conciencia de lo que ahora veo que también estaba en el periódico todos los días, igual que estaban las páginas de los anuncios y las noticias sobre las ganancias meteóricas de las cajas de ahorros y de las inmobiliarias, y sobre la epidemia de los campos de golf: en ese país desatinado de hace cinco años que sólo ahora me parece que veo con claridad no hay día en el que no se publique la noticia de un nuevo caso de corrupción.

El ruido del dinero y el ruido del robo son simultáneos, y en la distancia del tiempo su estruendo mezclado ahoga casi por completo los histrionismos de las voces políticas, que entonces lo tapaban o distraían de él. El ruido, cuando se escucha un poco, sigue un patrón monótono: terrenos, constructores, ayuntamientos. En la España de los espejismos y de los retablos de las maravillas para hacerse rico no es preciso inventar nada, ni fabricar nada, ni arriesgar esfuerzo y dinero desarrollando una tecnología que puede o no dar beneficios al cabo del tiempo, ni crear puestos de trabajo, ni saber hacer nada. Lo que hace falta es ser alcalde o concejal de urbanismo y tener la potestad de recalificar terrenos rústicos como edificables; es gozar de la confianza o simplemente haber comprado a un concejal o a un alcalde para saber a tiempo qué terrenos van a ser recalificados. Eso es todo. No hace falta nada más. Y eso era lo que sucedía en enero y febrero de 2007, lo que reventaba a veces como un absceso porque un juez abría una investigación, o porque un empresario se cansaba de pagar comisiones y ponía una denuncia, o porque alguien del partido contrario o incluso del mismo partido de los corruptos se hartaba de asistir pasivamente a tanta inmundicia. Me faltaban páginas en el cuaderno para copiar tantas noticias de sinvergonzonería y expolio.

65

En Canarias unos empresarios adquieren unos terrenos rústicos por 30 millones de euros. El ayuntamiento les compra una parte por 53 millones, y a continuación los recalifica todos, y los empresarios los venden por 120 millones. El alcalde de Catral, en Alicante, es acusado de un delito de prevaricación por autorizar la construcción de 1.270 chalets en suelo no urbanizable y sin licencia. La empresa constructora pertenece a su hermana. Imputado el alcalde de Orihuela, que vivía en un chalet y conducía un Rolls Royce propiedad de un constructor beneficiado por la adjudicación de suelo no urbanizable. La Guardia Civil detiene al ex alcalde de Alcaucín (Málaga) y le encuentra 160.000 euros debajo del colchón, al parecer producto de las comisiones cobradas por permitir miles de viviendas ilegales en el municipio, que tiene 3.000 habitantes, y en el que hay censadas 58 empresas constructoras y 75 inmobiliarias. El alcalde de Alhaurín de la Torre y el concejal de urbanismo son detenidos por exigir a un promotor 122.000 euros después de darle una licencia de obras. El alcalde de Andratx y un funcionario de urbanismo confiesan haber ganado en cinco años dos millones de euros por apaños urbanísticos. En casa de una concejal de Marbella la policía encuentra 378.000 euros en billetes de quinientos. El ex camarero y alcalde de Marbella Julián Muñoz ha amasado una fortuna de 3,5 millones de euros. La de Luis García, Luigi, ex sindicalista y constructor, se calcula en 32 millones de euros. El alcalde de Llíber recibió 900.000 euros por recalificar terrenos para 300 casas. La ex concejal que denunció a un alcalde por prevaricación presenta una denuncia por amenazas: «Como me jodas voy a por tu familia, y a ti, de ésta, te corto el cuello.»

El alcalde de Alhaurín el Grande atribuye su detención a represalias políticas: «¡No van por mí, van por el PP!», grita ante un grupo de militantes al salir del juzgado. Un ex alcalde y promotor gana 100 millones en dos años construyendo en suelo recalificado. Detenidos por fraude dos constructores de Murcia. El funcionario jefe de urbanismo del ayuntamiento de Andratx posee una vivienda de lujo en París y una colección de arte clásico. El constructor Francisco Gómez, alias el Palomo, ignora una orden judicial y tala los 3.000 ejemplares protegidos del pinar de Las Navas del Marqués. El ayuntamiento de Estepona recibió en 2004 más de dos millones de euros en aportaciones voluntarias a cuenta de convenios urbanísticos. El alcalde de Ciempozuelos, acusado de ganar 40 millones en comisiones, viajó a Andorra para abrir una cuenta de un millón de euros. El alcalde de Alhaurín de la Torre tenía 63.000 euros en efectivo en su casa. La lucha contra la corrupción bloqueó 3.000 millones de euros en dinero negro en 2006, así como una larga lista de bienes: cientos de viviendas, más de 300 fincas, 24 locales comerciales, 15 plazas de garaje, 686 vehículos de lujo, 15 barcos, 133 caballos, 200 toros de lidia, un lanzacohetes, decenas de armas de fuego, 390 obras de arte, 34 kilos de oro, 180 de piedras preciosas. El ex director de urbanismo de la Comunidad de Madrid gana cuatro millones por una operación inmobiliaria. Dos concejales detenidos en Pontevedra cuando iban a recibir una comisión de 50.000 euros. El juez confirma la imputación del alcalde de Camas y de tres concejales. El alcalde de Andratx ganó 1,8 millones de euros en operaciones inmobiliarias y recibió 1,1 millones en cohechos. El ayuntamiento de Marbella era tan corrupto que el alcalde y todos los concejales han sido apartados de sus cargos y se ha formado una comisión gestora para dirigir el municipio. El gobierno balear bloqueó la denuncia contra el mayor pelotazo inmobiliario de Andratx. Un agente forestal comprobó en febrero de 2006 que en unos terrenos protegidos donde sólo se podía construir una vivienda se estaban construyendo ciento cincuenta. El alcalde de Santa Marguerida dimite tras ser acusado de pagos irregulares a cambio de favores urbanísticos, si bien niega reconocer su voz en las grabaciones incriminatorias de la policía, ya que según dice «no quiere ser carne de cañón». El juez paraliza por indicios de cohecho la operación urbanística de la Ciudad Deportiva de Valencia. Los diez casos de corrupción política más sonados de 2006 han llevado a los calabozos a media docena de alcaldes y a una treintena de concejales. Francisco Roca, ex asesor de urbanismo del ayuntamiento de Marbella, amasó en quince años una fortuna de 210 millones de euros.

66

Copiaba cifras, titulares, nombres, inclinado sobre las páginas del periódico, sobre el gran volumen abierto que tenía como una pesadez de incunable, como esos libros de música que se ven en los coros de las catedrales. Copiaba sin levantar la cabeza, sin volver al presente, y cuando miraba el reloj me asombraba que hubieran pasado varias horas y que yo avanzara tan poco en los días. Al cabo de un rato ya notaba el cansancio, la monotonía, los nombres siempre repetidos, las mismas historias, la historia única de lo que estaba sucediendo. Y era consciente de que lo que veía y copiaba era una parte de lo que había publicado un solo periódico, y una parte más reducida aún de todos los casos investigados por los jueces y la policía, y sobre todo no un panorama completo de la corrupción sino tan sólo una muestra, una suma de fragmentos aislados, algunos de los síntomas de la enfermedad y no la amplitud devastadora de la epidemia. Cuántos abusos han quedado sin denuncia ni castigo por la simple razón de que se cometieron sin necesidad de salirse de una legalidad calculada para permitirlos: cuántos no han roto las capas sucesivas de los pactos de silencio que se han ido acumulando en la vida pública española: callar por conveniencia, callar por miedo, callar por pereza, callar por cinismo, callar por militancia, callar por complicidad, callar para no distinguirse del grupo, callar por no disgustar a la familia, callar por no ser un aguafiestas, callar por que no parezca que uno va en contra de los tiempos, callar por temor a no parecer moderno o a no parecer patriota, callar para que no le manden a uno anónimos o no le quemen el portal de la casa, callar queriendo convencerse de que al fin y al cabo ésa es la única manera en que pueden hacerse las cosas.

67

En los años de más obsesión por la memoria histórica se estaba lobotomizando la memoria visual de los paisajes españoles, la más frágil de todas, la memoria no de los monumentos aislados sino de la arquitectura popular, la prosa de la vida, la herencia de siglos de adaptación sabia y obstinada a las condiciones casi siempre ingratas, la continuidad orgánica entre los paisajes naturales, la agricultura, la edificación, esa belleza austera que uno solía encontrar casi en cualquier sitio de España, y que no tendría por qué haber sido incompatible ni con el desarrollo ni con el derecho de las personas a mejorar las condiciones de sus vidas.

Nada fue respetable. Nada quedaba a salvo del pillaje, ni siquiera esos ecosistemas tan singulares que habían sido protegidos expresamente por las leyes. Una de aquellas mañanas de mis viajes en el tiempo, al salir del periódico, mientras esperaba un taxi en el calor sahariano, trabé conversación con un redactor que también esperaba, y que me preguntó por qué me pasaba tantas horas encerrado en aquel despacho, mirando periódicos viejos. Cuando se lo conté me dijo que se acordaba muy bien de esos años. Entonces trabajaba en la sección de Sociedad, y estaba especializado en informaciones sobre el medio ambiente. «No sabes lo que era —me dijo—. Ibas a un pueblo a cubrir alguna noticia sobre aquellos abusos y te amenazaban. Lo menos que te llamaban era ecologista de mierda. Incluso en el mismo periódico me miraban mal por las cosas que escribía. Una vez me dijo uno de los jefes: "¿Sabes lo que te digo? Que por mí que no quede ninguno de esos bichos salvajes. Que se los carguen a todos. Que no quede ni uno."»

Era la vieja intolerancia española armándose de razones de próspera modernidad, celebrando brutalmente el triunfo de lo bárbaro. Dice Luis Cernuda: *«El español te-*

mible / que acecha lo cimero / con la piedra en la mano.» En un viaje a Nueva York mi mujer coincidió con un alto cargo cultural del gobierno de Aragón, en la época en la que se discutía el proyecto de una especie de megápolis de casinos en el desierto de los Monegros. Cuando ella le dijo, educadamente, que le parecía un disparate, el alto cargo reaccionó con sarcasmo agresivo: ¿qué pasaba, que ella era otra sentimental de los paisajes rurales? ¿Una de esas personas cursis que quieren que los pueblos sigan siendo nada más que postalitas? La palabra postalitas la repetía mucho aquel mandamás de la cultura aragonesa. La única alternativa al atraso que él y su gobierno habían alcanzado a imaginar eran los casinos. Y quien les llevara la contraria era un blando, un sentimental, un elitista. Y además un enemigo del progreso de Aragón.

Pero esta gente no aprende nada, no escarmienta de nada: ahora la gran esperanza de progreso en Madrid es otro proyecto de casinos y prostíbulos.

68

Ésa es la atmósfera en la que han medrado. El grado máximo de vileza ética y estética. Tanto amor cerril y defensivo por la propia tierra de cada uno ha sido perfectamente compatible con el empeño triunfal de desfigurar o arrasar lo más valioso que hubiera en ella. La fealdad que se ha extendido como una infección por casi todos los paisajes españoles, por los pueblos más pequeños y las ciudades en otro tiempo más hermosas, por los páramos de la meseta y las amplitudes del litoral, es el equivalente visible de una fealdad de espíritu de la que no nos será menos difícil recuperarnos.

En septiembre de 2007 viajé unos días con mi mujer a mi ciudad natal. Llevaba unos años sin ir a ella, o sin pasar en ella el tiempo suficiente para fijarme en los cambios. Entrando desde Madrid, la fealdad suburbial era todavía más pavorosa de lo que recordaba: las hectáreas de adosados en medio del secano, los centros comerciales gigantes. Pero al costear la ciudad desde el oeste al sur descubrí que había desaparecido casi por completo la perspectiva que solía recibir al viajero desde la distancia: la ladera de huertas, y sobre ella el cinturón de piedra arenosa de la muralla, a su vez coronado por las casas blancas encaladas y las torres de las iglesias. Ahora todo lo que había era una guirnalda atroz de chalets en serie y bloques de pisos, que destruían de golpe una secuencia visual que era única y había durado siglos, y que integraba, con la sabiduría espontánea de lo que se ha ido construyendo a lo largo de mucho tiempo, la belleza del cielo y la evidencia del trabajo humano, el verdor de las huertas, la memoria de la muralla musulmana y de la ciudad cristiana medieval y renacentista.

Casi todo arrasado. Y la destrucción se repetía idéntica cuando uno paseaba por el interior de la ciudad. Todo convertido en una variante de una barriada nueva de Getafe o de Villaverde Alto, o de Cuenca, o de Alhaurín el Grande, de cualquiera de esas ciudades y esos pueblos españoles en los que se construían millares de viviendas, polígonos industriales, campos de golf, aparcamientos, en los que los concejales y los alcaldes abrían cuentas en Andorra y conducían coches de lujo pagados por constructores que eran parientes o amigos suyos.

Un rasgo distintivo de las nuevas arquitecturas que habían proliferado en Úbeda durante mi ausencia, repetido lo mismo en bloques macizos de pisos y en chalets con césped y piscina separados del secano por una valla de alambre, eran los balcones y balconcillos de escayola blanca torneada. Alguien me contó que eran una muestra del gusto estético de un antiguo asentador de fruta que se había hecho multimillonario con la construcción y al que llamaban el Cipri. (Una idea de la catadura del nuevo empresariado español que se hizo rico sin crear ninguna riqueza la dan los motes de algunos de sus miembros más distinguidos: el Cipri, el Pocero, el Palomo, el Luigi, Sandokán.)

En la plaza modesta que hay en el centro de la ciudad, con su torre almohade y sus soportales del siglo XIX, habían abierto la entrada brutal de un aparcamiento. Un aparcamiento para atraer el tráfico hacia el centro de una ciudad que se atraviesa entera a pie en quince minutos; un aparcamiento que nadie se había molestado en disimular en la medida de lo posible: allí estaba, y allí está, con su rampa de acceso y el bloque aparatoso con la maquinaria de un ascensor, un aparcamiento para atraer coches hacia esa zona congestionada del centro y para que la gente pueda disfrutar de atascos de tráfico queriendo llegar a él.

Hablamos con una concejal de Cultura, una persona bien intencionada que regentaba una tienda de cerámica. Le sorprendió mucho nuestra desolación, nuestra queja. La ciudad tenía que modernizarse, no podíamos quedarnos en el pasado. Nosotros, viniendo de Madrid,

¿qué sabíamos? ¿No dábamos muestra de la conocida arrogancia de los que viven en la capital? En el momento en que nos hubiéramos atrevido a manifestar en público nuestro desacuerdo, el reflejo de defensa airada de lo propio habría convertido la crítica en agravio, con la celeridad de un automatismo físico que excluye la reflexión. No había espacio para argumentar que otra forma de progreso habría sido posible, y que, para lograrlo, el respeto hacia el patrimonio urbano y natural no sólo no es un obstáculo, sino un aliciente. Una ciudad que no se parece a ninguna otra sigue atrayendo visitantes durante generaciones, y con ellos un flujo de prosperidad que no se agota y que es sostenible: la riqueza que se logró destruyendo para construir ya se ha terminado, y los daños son irreparables.

69

Con frecuencia me ha entristecido volver, y me he marchado con alivio: de mi ciudad natal, de mi país. Ya sé que es un sacrilegio decirlo. He querido estar lejos, poner tierra por medio para escaparme de lo que me agobiaba o indignaba o de lo que me daba miedo. Me ha asustado la degradación de los debates políticos y me ha herido la aspereza creciente de grandes zonas de la vida diaria, causada por la falta de cuidado hacia lo que por ser de todos no parece que sea de nadie y por la falta de consideración hacia los otros: la impaciencia agresiva de los conductores en los pasos de peatones, la respuesta irascible a cualquier queja por un comportamiento incívico, el ruido del que va por la calle en un coche con la música a todo volumen y las ventanillas abiertas, el de los bares nocturnos, el de quien mantiene una juerga en casa a deshoras sin el menor respeto por el descanso del vecino de al lado y es capaz de amenazarlo si se atreve a protestar, el vandalismo de los bebedores que ocupan la vía pública y la dejan sucia de basuras, de meadas y vómitos; y también me ha desalentado la indiferencia de la autoridad pública hacia el bienestar y hacia los derechos mismos de los ciudadanos que la sostienen con sus impuestos, y que descubren que frente a un abuso sus quejas a la policía o a los organismos teóricamente responsables serán inútiles.

Me ha ofendido la proliferación de la basura y la grosería en canales de televisión privada que al fin y al cabo son concesionarios de un espacio público y deberían tener algún tipo de responsabilidad y de autocontrol; pero me ha ofendido más la indulgencia con que toda esa basura era tolerada y aceptada o incluso celebrada por personas en principio cultas y en principio progresistas, que se han dejado seducir por ella o simplemente no se han atrevido a romper con la moda, a correr el riesgo de parecer elitistas, o avinagradas, o aguafiestas.

Cuando la barbarie triunfa no es gracias a la fuerza de los bárbaros sino a la capitulación de los civilizados.

Me ha entristecido ver la aceptación cínica del éxito de los trepadores, los corruptos y los enchufados, y la dificultad de muchas personas brillantes y honradas para desarrollar sus capacidades y recibir una recompensa justa por unos méritos que al mismo tiempo contribuyen al progreso de la comunidad. Me ha llenado de abatimiento que muchas veces diera igual que se hicieran las cosas bien o que se hicieran de cualquier modo o no se hicieran, que el mérito se quedara sin elogio y la trapacería o el engaño sin censura, que se aceptara con naturalidad el favor y la trampa, lo mismo en un premio literario que en la provisión de una cátedra, que las escuelas públicas se quedaran sin medios mientras las privadas y las religiosas acaparaban subvenciones: que el hijo de un trabajador o de un inmigrante siga teniendo muchas menos posibilidades de descubrir y alimentar gracias a la educación lo mejor de sí mismo que el hijo de un privilegiado.

70

Pero también he querido irme porque sí, por gusto, por la novelería de sentirme extranjero, que ha sido una de las ensoñaciones más antiguas de mi vida, desde que de niño me asomaba a los miradores de Úbeda y deseaba saber qué habría al otro lado de la sierra de Mágina. No creo que las personas tengan que estar atadas a sus territorios de origen. Hay quien desea quedarse igual que hay quien desea irse y las dos actitudes merecen respeto. Al que quiere quedarse es delito expulsarlo, o hacerle la vida tan difícil que no le quede más remedio que intentar el destierro. Al que quiere irse no es lícito cerrarle la frontera ni llamarle desertor. Cada uno es como es. Incluso he leído que en cada especie están repartidos genéticamente el impulso de irse y el de quedarse, de manera que sean mayores las posibilidades de supervivencia.

Sin que nadie me alentara ni me contara historias

sobre el mundo exterior yo quise irme desde niño. Mi padre, que al hacerse mayor disfrutó mucho viajando, y que tenía el don de encontrarse bien en los sitios, nunca se sintió más a gusto que en la ciudad donde había nacido y donde vivió siempre.

Al que se queda a veces se le mira por encima del hombro. Pero es más frecuente que se desconfíe del que se ha marchado. En España se ha alimentado a conciencia el sedentarismo satisfecho. Quedarse en la tierra es mantenerse fiel a las raíces. Irse tiene algo de traición. En otro tiempo era respetable la idea de irse para hacerse una nueva vida, para buscar fortuna, para ver mundo, para adquirir esa libertad que sólo se disfruta entre desconocidos. Ahora que el orgullo de lo originario se ha convertido en una ideología unánime salir fuera sirve sobre todo para confirmar la superioridad de lo propio. El que se ha ido y no regresa de inmediato se vuelve rápidamente sospechoso de arrogancia. Cuando vuelve y le dicen, como se suele decir tantas veces en España, «como se vive aquí no se vive en ninguna parte», habrá de tener cuidado en argumentar que hay muchas otras partes en las que también se vive así de bien, o incluso mejor, y que comparar unos lugares con otros es una forma tan útil de celebrar valores como de advertir deficiencias. Pero nunca se agota el talento español para negar legitimidad a la crítica o para volverla contra quien la ha hecho, para encerrarse en la satisfacción orgullosa y a la vez extremadamente vulnerable de lo propio.

Al principio me sorprendía ese reflejo, esa punta inesperada de agresividad, que se fue acentuando según arraigaban las comunidades autónomas. Me fui a vivir a Madrid en 1992, y cuando me entrevistaban para algún medio andaluz se hizo habitual la pregunta de por qué me había «marchado de Andalucía». Como si me hubiera ido a otro país, abandonando el mío, desertando de él por la soberbia o el oportunismo de hacerme en la capital una carrera literaria. Como si me hubiera vendido a los poderes centralistas de Madrid. Al principio contestaba vaguedades: que no me había ido en realidad, que iba y venía, etc. Pero me pareció indigno rebajarme a aceptar aquellas actitudes blandamente inquisitoriales y decidí dar siempre la misma respuesta, que era breve y clara y además era cierta: «Me he ido a Madrid por amor.»

71

Me he educado yéndome y volviendo y volviéndome a ir. La primera vez que salí de mi tierra interior para ver el mar tenía dieciséis años. Cuando volví, al cabo de sólo diez días, me asombró descubrir lo áspero y lo seco que era casi todo, desde el paisaje hasta el acento, que por primera vez advertía al regresar. En la costa de Almuñécar descubrí que los perfiles de las cosas podían no ser tan rotundos y los colores no tan violentos: la bruma y la brisa del mar lo suavizaban todo, le daban a la vida una cualidad más hospitalaria; el sol de la indolencia exótica en la que parecían vivir los turistas no era el mismo que nos fulminaba a nosotros cuando íbamos a trabajar en el campo. El verano, en mi tierra, en mi infancia, era la estación de la siega, de la trilla que dejaba la garganta seca cuando se le adhería el polvo de la cebada y del trigo; la estación en que se cavaba con azada la tierra en los olivares. Aquel viaje modesto en autobús a un pueblo de pescadores y turistas, con casas blancas frente al mar, con valles de chirimoyos que tenían una verde fragancia de plantaciones tropicales, fue para mí como un descubrimiento precoz de los mares del Sur, también lleno de promesas sexuales, aunque las mujeres que me despertaban la imaginación no fueran nativas morenas sino extranjeras rubias llegadas de los países fabulosos del norte.

En cuanto empecé a interesarme por la literatura y a tener algo de conciencia política descubrí que algunas de las personas que me parecían más dignas de admiración habían elegido marcharse o habían sido expulsadas de España o tenido que huir para que no las mataran. Algunos de los escritores de más talento habían sido asesinados o habían muerto en la cárcel. Antonio Machado, Manuel Azaña, Max Aub, Pedro Salinas, Luis Cernuda, Margarita Xirgu, murieron sin poder regresar. José María Blanco White había renegado de su nacionalidad y hasta cambiado su nombre. El destierro podía ser un destino honorable.

Viajé a Italia con veintidós años y me deslumbró ver en la realidad los cuadros y las arquitecturas que había estudiado en los libros de arte, y me gustó el modo caótico y vital en que se preservaba el pasado convirtiéndolo en una parte atropellada del presente. Recuerdo la emoción de despertar después de una larga noche en tren mirando por la ventanilla, en la niebla húmeda del amanecer, las casas de la ciudad fronteriza de Ventimiglia. Olía intensamente a tierra húmeda y a bosque. Las fachadas tenían una pintura ocre desgastada por el tiempo y la lluvia y los postigos de madera de las altas ventanas marcaban, en su diferencia con lo que yo conocía, la excitación de lo nuevo, la promesa de Italia. En Úbeda, en

Granada, la belleza había estado siempre cercana al recogimiento y al límite, amenazada por la barbarie cívica que ya entonces talaba bulevares arbolados para hacer de ellos autopistas y destruía sin respeto el tejido de las ciudades. En Italia vi una belleza que lo arrebataba a uno en el gran torbellino de su desmesura, y me di cuenta por primera vez de algo que luego he visto muchas veces viajando por Europa, y que siempre me ha dado envidia y tristeza al compararlo con mi país: que se podía ser moderno y próspero tratando con respeto el patrimonio del pasado, tomándolo no como un obstáculo embarazoso sino como una oportunidad de desarrollo económico y de buena vida. En la cochera de un palacio romano había un taller de motos o una carpintería. Bajo las bóvedas intactas de un almacén medieval de Florencia colgaban las ropas o los bolsos de una tienda de lujo o se alojaba un estudio de arquitectura, una firma de diseño gráfico. Me pregunté cómo serían Úbeda o Granada si hubieran recibido un trato parecido al de muchas ciudades de Italia. Viajando en autostop por Toscana admiré la fertilidad de la tierra y la comparé con tantos paisajes desolados de Andalucía o Castilla: desolados no por una maldición bíblica, por un destino sombrío, sino por la rapacidad arboricida, por la pobreza que araña el suelo y no se preocupa de restaurarlo, por siglos de propiedad agraria ignorante y parásita.

En cada país al que he viajado he aprendido algo sobre el mío. Fui a Lisboa y nada más llegar agradecí que me hablaran en un tono reposado de voz que resaltaba por comparación la propensión española a hablar demasiado alto. Los tejados eran de un rojo más amortiguado, el cielo de un azul más suave. Quizás nos habría ido mejor si la capital de España hubiera estado en Lisboa y no en Madrid, en una ciudad en la desembocadura de un gran río abierto al Atlántico y no en una meseta. En España apenas hay rastros de la América con la que estuvo unida durante tres siglos. Paseando por Lisboa he notado la amplitud entera del mundo hacia el que se había extendido Portugal, los nombres y los olores y las imágenes de Brasil, de África y el Extremo Oriente; y también la aceptación tranquila del desgaste de las cosas hechas para durar, lo que perdura aunque parecía anacrónico y al cabo de un tiempo tiene toda la originalidad de lo que no dejó de ser moderno porque estaba bien hecho: un café, una confitería, un ascensor público de hierro diseñado por un discípulo de Eiffel, una red de tranvías. (En Granada, en los años veinte, un ingeniero prodigioso, José de Santa Cruz, diseñó un tranvía que atravesaba la ciudad y ascendía las laderas de Sierra Nevada siguiendo el curso del Genil: en 1936, al principio de la guerra, los sublevados fascistas fusilaron al ingeniero Santa Cruz; a principios de los setenta las autoridades herederas de aquellos golpistas arrancaron los raíles y desmantelaron la línea del tranvía que había creado una conexión única entre la ciudad y la sierra.)

Porque nací y me crié en el interior me gusta la cercanía del mar. Porque soy del sur me gusta el norte. Viniendo de una tierra en la que la expansión festiva se ha vuelto oficial y obligatoria, vindico mi derecho a ser un andaluz serio, incluso a no parecer andaluz, y me gusta mucho la reserva que he observado en otros lugares, y me reconozco mucho más en ella que en la caricatura folclórica que venía del romanticismo rancio y del franquismo y que han hecho suya las autoridades políticas de Andalucía, las de izquierdas exactamente igual que las de derechas.

Harto del permanente ruido español, me he deleitado en el silencio de una pequeña ciudad alemana al anochecer: el sonido y las luces débiles de las bicicletas sobre el pavimento adoquinado; la niebla que sube de un canal o de un parque que tiene una espesura de bosque. A la fuerza y reclutado por el ejército tardofranquista español conocí el País Vasco. Y aunque me parecía repugnante el terrorismo que se cebaba entonces en los militares y los policías y me espantaba la disposición golpista de muchos militares de entonces no dejé de disfrutar de todas las cosas admirables que hay en esa tierra, más hermosa aún porque es el reverso de la mía, porque es verde y lluviosa y no árida, porque el mar se abate contra las orillas con un poderío de catástrofe y no es manso y tibio como el Mediterráneo, porque la gente puede ser contenida y hasta hosca en la expresión de los afectos y no los despliega como fastuosos abanicos.

He cruzado la frontera en Port Bou a finales de los años setenta y he tenido que enseñar mi pasaporte y que percibir la insolencia de los gendarmes franceses. He sentido el complejo de inferioridad, el desamparo del español pobre en el extranjero. Perdido un día en la estación inmensa de Fráncfort imaginé lo que sentirían los emigrantes de la generación de mis padres, campesinos que no habían salido hasta entonces de su tierra ni escuchado hablar otro idioma que el suyo. Al llegar muy joven por primera vez a París o a Londres el entusiasmo por lo que veía ha acentuado mi tristeza española, mi conciencia de tantas cosas que a nosotros nos faltaban: los grandes parques, las librerías, la solidez de las cosas, la libertad relajada y el orden no opresivo —probablemente, muchas veces, espejismos míos, pero espejismos que despertaban en mí una conciencia aguda de lo que yo intuía como nuestra insuficiencia, tal vez la incapacidad de mantener a lo largo de mucho tiempo serios proyectos colectivos, de tener institutos de enseñanza media como esos que se ven en París, solemnes como ministerios, coronados por la bandera tricolor y por la R y la F de la *République Française*, de sostener algo como el Museo Británico o el barrio de Bloomsbury, o la Universidad de Oxford, o el Instituto Max Planck.

He viajado por Europa con una mezcla de envidia, complejo e instinto de emulación que quizás no era muy distinta de lo que sentían en 1910 o 1920 los pensionados de la Junta para la Ampliación de Estudios, los que salían al exterior con el propósito de aprender cosas que pudieran ser copiadas en nuestro país y que remediaran nuestro atraso. Pero al mismo tiempo que me dolían los errores y los abusos que en el exterior eran comparativamente más visibles también me herían y me insultaban los estereotipos que seguían entonces y todavía siguen circulando sobre España, y he sentido la necesidad de defenderla, no incondicionalmente, no con la ira del patriota que no acepta una crítica, sino por un sentido de la equidad, por mostrar las cosas bajo una luz lo más verdadera posible, que compense tanta ignorancia acumulada, tantos lugares comunes heredados de la Leyenda Negra y del orientalismo barato que parecen inmunes a la realidad y que ocultan una parte grande de todo lo que somos, lo que no es la Inquisición ni las crueldades de los conquistadores ni las corridas de toros ni los sanfermines.

Descubrí pronto, viajando por Europa y sobre todo por Estados Unidos, que un español tiene que dedicar un esfuerzo considerable a explicar algunas cosas elementales sobre su país: que es una democracia; que no hay menos igualdad entre hombres y mujeres que en otro país desarrollado cualquiera; que en él no existe la pena de muerte ni la cadena perpetua, pero sí el matrimonio homosexual; que el País Vasco no es una región aislada y montañosa en la que algunos guerrilleros —a los que ningún medio internacional llama terroristas— luchan con las armas en la mano por su independencia, sino uno de los territorios con el nivel de vida más alto de Europa. Hay que explicar una y otra vez que tenemos un estado federal en la práctica y que no es verdad que hubiéramos mantenido un silencio cobarde y unánime sobre la Guerra Civil y sobre las víctimas de la dictadura hasta que el presidente Zapatero y el juez Garzón se atrevieron a quebrarlo.

72

En 1993 viví por primera vez una temporada larga fuera de España: un semestre académico como profesor visitante en la Universidad de Virginia, en la pequeña ciudad de Charlottesville. Su campus de anchas praderas y cúpulas y columnas neoclásicas lo diseñó Thomas Jefferson. Tiene la belleza severa y racional de la Ilustración combinada con toda la feracidad de los bosques del Sur. Desde el principio me gustaron mucho algunas cosas y otras no me gustaron nada, o incluso me espantaron. Pero creo que aprendí tanto de las unas como de las otras, y el proceso de aprendizaje, que dura ya casi veinte años, todavía no ha terminado, y no creo que termine nunca. La biblioteca universitaria estaba abierta desde las ocho de la mañana a las doce de la noche. Los profesores cumplían estrictamente con sus clases y con sus tutorías, y los alumnos los trataban con un respeto que no excluía la naturalidad y muchas veces coincidía con el afecto.

Por primera vez encontré lo que se llama allí el *honor system*: los estudiantes prometían o juraban que no harían trampa en los exámenes ni en los trabajos; no había, pues, vigilancia, pero quien rompiera ese pacto de confianza sería expulsado. Me gustaba ese sentido protestante de la responsabilidad personal, tan ajeno a quien se ha educado en un país católico y autoritario, en el que la mejor razón para cumplir una norma es sentir en la nuca los ojos del que puede castigar, y en el que la trapacería picaresca se ha celebrado con más júbilo que la honradez. Claro que habría quien hiciera trampa y se felicitara en privado si se salía con la suya: pero me pareció que el cinismo no tenía prestigio.

Por primera vez viví en una ciudad en la que apenas había transporte público y en la que era prácticamente imposible ir caminando de un sitio a otro. Los autobuses urbanos circulaban erráticamente y los sábados y los domingos no circulaban, y sólo los tomaban los más pobres de los pobres, los que no tenían ni para comprarse algunos de aquellos coches casi de desguace que se veían a veces por la carretera. Uno podía vivir su vida entera sin cruzarse nunca con un negro pobre o un blanco pobre, que también los había: yendo en coche de su casa con jardín a su trabajo en la universidad, o a los centros comerciales en los que estaban los restaurantes y los supermercados. Los pobres parecían pertenecer no a otra clase, sino a otra especie. Yo los veía de cerca en la sala de espera de la estación de los autobuses Greyhound, cuando iba o volvía de Washington. En España no se veían pobres así. Estaban gordos, les faltaban dientes, fumaban, se alimentaban de basura en recipientes de plástico.

Entre el campus ilustrado de Jefferson y aquella sala de espera con olor a humo de tabaco y a grasa de fritangas había una distancia social que ya no se veía en Europa. En la carretera interestatal había tiendas de venta de armas que tenían galerías de tiro en las que probarlas. Al pasar en el Greyhound se escuchaba un petardeo de disparos. En el Walmart gigante en el que fui a comprarme una bicicleta me encontré de pronto, no lejos de las estanterías de juguetes, un expositor entero con revólveres y fusiles de asalto.

Como yo no tenía coche y no sabía conducir me facilitaron un apartamento desde el que podía ir caminando al campus, cruzando anchas calles suburbiales y tramos de bosque. También estaba bastante cerca de un supermercado. Volvía llevando la compra en una gran bolsa de papel por la orilla de alguna calle sin aceras ni casas —en realidad una carretera— y un coche patrulla reducía la velocidad al pasar a mi lado. A veces el policía bajaba la ventanilla y me preguntaba si me sucedía algo, si había tenido algún accidente.

Por primera vez, a los treinta y siete años, me sumergía por completo en un mundo que no se parecía al mío. Eran los tiempos anteriores a Internet: en Virginia la distancia de España sólo la aliviaban las cartas y las conferencias telefónicas. En todo el tiempo que pasé allí el *New York Times* sólo publicó una información sobre España, de la que recuerdo vagamente que tenía que ver con Jesús Gil y Gil, aquel constructor y dueño de equipo de fútbol y estrella grotesca de la televisión privada que inauguró la era de la corrupción en Marbella. La sensación de lejanía era absoluta. Los jueves a las dos de la tarde terminaba mi última clase de la semana y algunas veces no volvía a ver a nadie hasta el lunes siguiente. Preparaba mis clases, leía en inglés, veía la televisión para aprender más, para aprender la lengua y saber del país.

Sumergirse en otra lengua es una experiencia pedagógica única: como desprenderse temporalmente de la lengua propia y por lo tanto de una parte de la identidad. Es descansar de uno mismo y de su origen. Y si uno se dedica a escribir es también el aprendizaje de una nueva disciplina de las palabras, una conciencia nueva de la austeridad y la exactitud, sobre todo cuando se viene de un idioma tan propenso a la palabrería como el español, a la palabrería y a la retórica y a las acrobacias de estilo, a la sonoridad complaciente que halaga el oído sin decir nada con sustancia. En la propia lengua uno tiende a la facilidad y al despilfarro, sobre todo si es una lengua que ha sido muy usada por charlatanes, por mercaderes de aire, por leguleyos y teólogos y demagogos políticos, hechiceros verbales. Leyendo el *New Yorker* o el *New York Times* descubrí una escritura en la que la precisión expresiva era el equivalente del respeto estricto por los hechos, de la necesidad de comprobar al máximo la veracidad de cada cosa que se decía.

Me acordaba de algo que había leído en Ortega y Gasset y que en su momento me había impresionado:

«O se hace literatura o se hace precisión o se calla uno.» En aquellas soledades lectoras de Charlottesville me di cuenta por primera vez de que esa disyuntiva era falsa. Podía hacerse literatura haciendo precisión. Había formas de literatura en las cuales la precisión era el valor máximo, en las cuales el estilo carecía de cualquier legitimidad si no se correspondía con una fidelidad lo más exacta posible a los hechos narrados. Yo venía de una cultura en la que era habitual admirar a un embustero o a un cínico por lo bien que escribía; en la que escribir bien era un valor separado de casi cualquier otra exigencia ética o estética. Yo mismo me había dejado muchas veces llevar, en las novelas o en los artículos, por las cadencias del estilo. Sólo ahora empezaba a intuir la posibilidad de una escritura mucho más seca, sin las ondulaciones que facilita tanto la sintaxis del español, una escritura afilada y no complacida en sí misma, que podría servir para comprender el mundo, no para llenarlo de bruma, que podría fijarse en las cosas para aclararlas como aquellas lentes de los primeros microscopios y telescopios que empezaron a ser pulidas en Ámsterdam en el siglo XVII. Hacer el esfuerzo, como dice Orwell, de ver con claridad lo que tiene uno delante de los ojos, *in front of one's nose.* Sin periodismo serio no hay sociedad democrática. Sin información contrastada y rigurosa cualquier debate es un juego de aspavientos en el aire.

73

Volví a España al cabo de cinco meses, a finales de mayo. Cada vez que vuelvo ahora de Nueva York me acuerdo de aquel regreso, del tiempo raro que transcurre hasta que uno se aclimata de nuevo, cuando no se está del todo ni en un lado ni en el otro y uno se mueve y conversa y lo mira todo llevando consigo su aturdida extranjería. Ha amanecido hace un rato y la luz clínica que encendieron las azafatas antes de empezar a servir el desayuno aleja de golpe la noche de la travesía oceánica. El avión ya ha empezado el descenso. Por la ventanilla, los ojos acostumbrados al verde húmedo de los veranos de la costa Este americana encuentran una desnuda horizontalidad de hoja seca: la tierra áspera, la luz de polvo de ladrillo, las torrenteras horadando las laderas de los montes pelados, estregados por los siglos de tala y la persistencia de la erosión.

En el descenso la gana de llegar y la desgana de llegar se juntan en una punzada de vértigo que adquiere su máxima intensidad unos segundos antes del aterrizaje. Le pregunté una vez a un americano a qué olía España y me dijo que a café con leche y a humo de tabaco. Huele a colillas rancias y a humo de tabaco cuando se abren las puertas de salida de la terminal y se respira por primera vez el aire de Madrid. Agrupados en torno a los ceniceros los fumadores que aguantaron muchas horas de vuelo dan caladas hondas a sus cigarrillos en la intemperie fría de la primera hora de la mañana. El interior del primer taxi que uno toma en Madrid es muy angosto y el taxista escucha la radio a un volumen muy alto, la radio en la que vuelven a reconocerse las voces de los políticos y de los opinadores de las tertulias.

En la autopista los coches son más pequeños y van mucho más rápido de lo que uno tiene costumbre. En Nueva York las autopistas y los puentes muestran un abandono de gigantes decrépitos. Aquí las proporciones son más reducidas y todo es mucho más nuevo. La luz hiere de tan fuerte. En los parajes entrecruzados de autopistas por los que pasa el taxi no crece casi nada. A principios de verano la vegetación ya se ha reducido a matojos secos. Laderas y cunetas tienen una aridez de desierto. En algún cruce se ven las ruinas de alguna antigua casa de labor, muros de tierra ocre o gris bajo la cal desconchada. En medio de la calina sucia vibra la luz en los muros de cristal y de acero candente de los cuatro rascacielos que bien podrían estar en Abu Dabi o en Dubái. El huevo de cristal y acero del único edificio de la Ciudad de la Justicia que llegó a levantarse se calienta al sol rodeado por aparcamientos vacíos, punteados de pequeños árboles medio secos y de farolas con los globos rotos a pedradas.

Es un paisaje que no ha sido cultivado ni amado desde hace tanto tiempo que su desolación ha adquirido una cualidad geológica: un espacio en blanco a las afueras de Madrid en el que abrir autopistas y roturar aparcamientos o centros comerciales, en el que levantar viviendas lo más apretadas que sea posible para obtener más beneficio, o un aeropuerto entero rodeado por la nada. Lo que no está ocupado queda baldío, tierra de nadie sobrante en la que crecerán malezas o se irán acumulando basuras, en el que no habrá árboles que mitiguen el calor con la sombra de sus copas, no contengan la erosión con sus raíces, ni suavicen con manchas de verde la desnudez de la tierra arañada. Alguien me contó que el principal producto de estos parajes es la tierra que se pone para que hagan sus necesidades los gatos.

Lo que he visto y aprendido en América me sirve

sobre todo para mirar mi propio país; para agradecer lo que si no me hubiera marchado no apreciaría; para no aceptar lo que por no existir fuera de aquí ya no me parece inevitable; para celebrar y desear que perdure lo valioso que es único y lo que forma parte del gran acuerdo europeo. Llegando de Nueva York a Madrid me ha sorprendido mucho la falta de conciencia de los privilegios que aquí se disfrutan, la ausencia de gratitud y de lealtad a un sistema en el que están cubiertas para la inmensa mayoría de la población las necesidades fundamentales de la vida. Viniendo de una ciudad de ocho millones de habitantes en la que más de tres millones carecen de cualquier forma de seguro médico a uno no le cuesta nada valorar la protección sanitaria universal.

En Estados Unidos nadie se olvida nunca del precio que hay que pagar por las cosas. En España, en algún otro sitio de Europa, cuando las cosas no se pagan es fácil olvidar su valor. En el seguro médico y en la educación de los hijos una familia americana ha de gastar tanto dinero que el trabajo necesario para ganarlo se lleva una gran parte de la vida. La búsqueda del dinero, la codicia del dinero, adquieren a veces en Estados Unidos una vehemencia obscena, una crudeza que ofende y espanta al que no está habituado: un taxista o un camarero de Nueva York pueden revolverse con una súbita agresividad contra el cliente que no dejó la propina adecuada; la sonrisa amplia de un dependiente se borra sin rastro cuando no ha funcionado la tarjeta de crédito; el crédito de cada persona es evaluado continuamente y cualquier acreedor puede comprobarlo. La presión del éxito puede ser tan fuerte que hasta un niño de tres o cuatro años tendrá que pasar un examen para ser admitido en una guardería de prestigio que le asegure que habrá luego sitio para él en una de las escuelas privadas más competitivas, que será el paso previo para una de esas universidades de elite de las cuales depende un porvenir de privilegio. En la pasión americana por el trabajo y en la admiración por el éxito puede haber un filo despiadado, una disposición a sacrificar la vida entera al logro de un solo propósito y a no compadecer al que fracasa ni perdonarse a uno mismo, a dividir el mundo en las categorías inhumanas de los ganadores y los perdedores.

Me da escalofríos la crueldad punitiva del sistema penal. No sólo la pena de muerte: también la brutalidad usual de los policías, el maltrato humillante a los detenidos y a los presos, los uniformes que los despojan de cualquier resto de dignidad civil, las esposas en las manos y los grilletes en los pies, las cadenas en la cintura, la comida inmunda, las sentencias de cadena perpetua sin ninguna esperanza, la frialdad de ejecutar a un retrasado mental o de condenar a una vida entera en prisión a un delincuente de catorce años, la siniestra idea puritana de la cárcel como puro castigo y de la justicia como ley del talión, con toda la barbarie del Antiguo Testamento; e infectándolo todo, agravando la infamia, el abismo entre los pobres y los ricos, porque son sobre todo pobres los que van a la cárcel, y exclusivamente pobres y casi siempre negros los que acaban en el corredor de la muerte y son ejecutados.

Porque soy europeo me escandalizan esas zonas de crueldad de la vida americana: porque paso una parte de la mía en Estados Unidos creo que puedo apreciar la ventaja de Europa sin darla por supuesta, incluso con un cierto orgullo que no tiene nada que ver con el orgullo incondicional de las identidades. Me siento orgulloso de que mi país, y la Europa a la que pertenece, abolieran hace tiempo la pena de muerte y se hayan dado a sí mismos sistemas penales en los que el único derecho del que se priva a los presos es la libertad.

Me importa mucho esa diferencia. Pensé en ella hace poco, visitando el centro penitenciario cercano a Madrid en el que algunos profesores me habían invitado a dar una charla a los presos que asistían a la escuela. Por supuesto que estaban en la cárcel, y que la privación de libertad siempre es un castigo. Pero las condiciones no eran degradantes y los profesores de la escuela los trataban con un respeto que probablemente no habían recibido nunca, y gracias a ellos saldrían de prisión mejor cualificados para defenderse en la vida. Lo que para los profesores, los funcionarios y los presos era normal yo me daba cuenta de lo que tenía de excepción, porque venía de un mundo en el que todo eso era inimaginable. Sin pena de muerte ni cadena perpetua ni leyes especiales la democracia española ha derrotado a los terroristas de ETA: muchas veces me pregunto cómo habrían actuado las fuerzas de seguridad en Estados Unidos y qué medidas de excepción habría aceptado la ciudadanía si hubieran tenido que hacer frente a un movimiento terrorista como el que hemos padecido nosotros, incluso a uno que hubiera sido diez vez menos sanguinario. Recuerdo una noticia en la portada de un *New York Times* del otoño de 2001 que me hizo sentirme orgulloso de mi país: España negaba la extradición a Estados Unidos de un sospechoso de terrorismo porque corría el peligro de ser condenado a muerte.

74

Pero también hay cosas que admiro y que no habría podido aprender más que allí. Admiro el sentido de la responsabilidad personal; la ausencia de cinismo; el modo en que se alientan y celebran las mejores capacidades de cada uno; el idealismo práctico que lleva a muchas personas a comprometerse en el ejercicio cotidiano de la ciudadanía: a trabajar durante horas en un huerto comunitario o a colaborar con una iglesia o con una institución laica para ayudar a emigrantes desprotegidos de todo; a contribuir con arreglo a sus medios al sostenimiento de los bienes públicos que le importan a uno: la radio pública, un museo, una orquesta, un parque. Admiro la falta de recelo ante el entusiasmo y la capacidad de confiar; la disposición a llegar a acuerdos que mejoren las cosas; la amabilidad con el desconocido y con el recién llegado. Admiro la capacidad real de integración de los emigrantes, inmensamente superior a la europea. Admiro el talento para respetar y celebrar las diferencias y al mismo tiempo para resaltar las pocas cosas fundamentales que se tienen en común, y que bastan para sostener una convivencia; la insistencia en los actos y no en los orígenes; el derecho que se reconoce a cualquiera de desprenderse en mayor o menor medida de la identidad con que llegó y de inventarse fantasiosamente a sí mismo.

Los españoles, pareciéndonos tanto, después de muchos siglos encerrados en un país bastante pequeño, hemos dedicado esfuerzos enormes y montañas de dinero a subrayar o inventar diferencias. Una de las sorpresas que depara siempre el regreso es la uniformidad del paisaje humano en las calles de cualquier ciudad española, incluso aquellas en las que hay más gente dedicando grandes esfuerzos a no ser o a no parecer española. En las escuelas públicas de Nueva York se hablan ciento noventa idiomas, y basta un paseo por la calle o un trayecto breve en el metro para cruzarse con personas de casi cualquier lugar del mundo: pero los habitantes de Nueva York se las han arreglado para ponerse de acuerdo en lo que los une, o al menos para no insistir obsesivamente en lo que distingue a cada grupo. Mi compatriota no es el que tiene apellidos parecidos a los míos ni una memoria semejante, ni siquiera un idioma materno. Mi compatriota es el que ha cumplimentado el trámite jurídico de obtener la misma nacionalidad que yo, y lo es del todo e incondicionalmente desde el momento en que ha adquirido esa ciudadanía.

Me gusta que la identidad americana resida en un guión: el guión que une mexicano y americano, chino y americano, japonés y americano, irlandés y americano, árabe y americano, lo que sea. Mi corazón ilustrado se conmovió cuando le pregunté en Nueva York a un taxista con cara y acento de chino cuál era su origen, y me contestó con toda naturalidad: «A-B-C: *American born Chinese.*» Y no me olvido de lo que me dijo un taxista pakistaní que iba escuchando en la radio las noticias sobre un asalto terrorista a una mezquita de Lahore: «Para mí es más seguro ser musulmán en Estados Unidos que en mi país de origen. Por eso me gusta ser americano.»

75

Volví por última vez a principios de este verano de 2012 y el estado de alucinación colectiva ya había terminado. Incluso ya se volvía difícil imaginar que hubiera existido alguna vez. Casi día tras día el *New York Times* había estado publicando noticias alarmantes sobre España y Europa y sobre el porvenir del euro. La moneda única que no mucho tiempo atrás era celebrada por su fortaleza ahora parecía revelarse como un invento insostenible. La ruina de Grecia y la de Portugal vaticinaban la de España, y si España se hundía arrastraría consigo a toda la Unión Europea. Después del hábito de los dólares, los euros que sacaba uno nada más llegar en un cajero automático del aeropuerto tenían algo de dinero de broma, demasiado variado en sus formatos y en sus colores como para ofrecer la seriedad de una moneda verdadera.

Todo lo que era sólido ya se estaba disolviendo en el aire. La Europa que imaginábamos firme y bien armada y hasta aburrida en la somnolencia de la prosperidad y del bienestar resultaba tan fácil de desmoronar como un castillo de arena. Las cajas de ahorros que en 2007 declaraban beneficios de miles de millones se han hundido en la quiebra o han sido absorbidas por otras o simplemente no existen. Los parásitos venidos de la política que se apoderaron de ellas y se las arreglaron para arruinar en pocos años instituciones que habían durado sólidamente más de un siglo se han retirado de escena no sólo sin pagar ni una parte del precio de sus desmanes sino llevándose compensaciones y jubilaciones más escandalosas aún por comparación con la penuria general. El gobierno valenciano que hace sólo unos años mandaba aquellas embajadas por el mundo y financiaba campeonatos internacionales de vela y de Fórmula 1 ahora reconoce una deuda de miles de millones de euros que no puede financiar sin la ayuda urgente del estado.

Los países inventados por la clase política con su gran lujo de parlamentos, televisiones, empresas públicas, jefes de protocolo, caravanas de coches oficiales, enjambres de altos cargos y enchufados, mantienen los mismos fastos de siempre y sólo ahorran con decisión en aquello que es fundamental: en escuelas, en profesores, en asistencia sanitaria, en investigación científica. En medio de la quiebra los ayuntamientos comidos por las deudas dejan una estela de proveedores arruinados y recortan en servicios sociales pero siguen organizando las mismas fiestas barrocas de siempre, fiestas brutales de carreras de toros, de batallas en las que se arrojan millares de kilos de tomates, tracas de cohetes que a veces duran noches enteras. Un niño es corneado y muerto por un becerro; alguien muere por la explosión incontrolada de fuegos artificiales; como hay crisis el ayuntamiento de Pamplona anuncia que ha reducido el presupuesto de los sanfermines en un ocho por ciento: mucho menos de lo que se reduce el gasto en educación o en sanidad.

Las corporaciones municipales en pleno siguen rindiendo honores a vírgenes y mártires. Los montes arden y no hay dinero para luchar contra el fuego, igual que no lo hubo para mantener el bosque bien vigilado y limpio de malezas. No escribe uno lo que quiere sino lo que puede. La incertidumbre es tan alta que sus efectos se miden por días, casi por horas. No podemos saber qué sobresalto nos dará el próximo boletín de noticias.

76

Pero la incertidumbre no es un estado nuevo para las personas de mi generación. Tan sólo nos acostumbramos demasiado a no sentirla, a no verla, y por eso nos produce una alarma excesiva, la incomodidad tan fácil del que está tan instalado que ya no sabe aceptar contratiempos. Me acuerdo de una mañana fría y nublada, en diciembre de 1973, la mañana extraordinariamente silenciosa en la que nos enteramos de que el presidente del gobierno, el almirante Carrero Blanco, la mano derecha del tirano, acababa de morir en Madrid en un atentado terrorista.

Algo tenía que pasar a continuación y no imaginábamos qué. Me acuerdo de los días de incertidumbre máxima, de miedo y esperanza y tiempo detenido, en noviembre de 1975, cuando esperábamos en una especie de sobrecogimiento de impotencia colectiva a que terminara la agonía larguísima del general Franco. Nada sabíamos tampoco entonces. Nadie preveía ni imaginaba nada. No hubo ni un solo pronóstico sobre el porvenir que no estuviera equivocado. Franco iba a morir y en el momento mismo en que expirara otro tiempo iba a comenzar y las vidas de cada uno de nosotros no serían las mismas.

Recuérdalo tú y recuérdalo a otros, dice Luis Cernuda. Recordar y contar lo que uno ha visto esforzándose por no mentir y por no halagar y por no dejarse engañar uno mismo por el resentimiento o por la nostalgia es una obligación cívica. Esforzarse en mirar las cosas como son y recordarlas y contarlas tal como fueron. No inventar esas leyendas que alientan el narcisismo generacional, no someterse a las modas del recuerdo, que son tan coactivas como las de la ropa. Me acuerdo de una noche de enero de 1977 en la que la incertidumbre estuvo hecha de puro terror, en la que no era posible separarse de la radio y al mismo tiempo parecía que ya no tendríamos capacidad para seguir recibiendo noticias pavorosas. Los terroristas de ETA tenían secuestrado a un teniente general y los del GRAPO al presidente del Consejo de Estado. La libertad que casi rozábamos con las manos estaba a punto de quebrarse en un regreso a la negrura. En un despacho laboralista de Madrid acababan de entrar unos pistoleros de extrema derecha y habían asesinado a tiros a seis abogados.

Yo era un estudiante pobre de veintiún años y compartía un piso en un barrio trabajador de Granada con dos amigos que pertenecían al Partido Comunista. Esa noche les ayudé a quemar papeles y a esconder libros. Cualquier cosa podía suceder de un momento a otro. Podíamos volver a una dictadura que ahora tendría sin duda despliegues de tecnocracias sanguinarias como las de las Juntas Militares de Chile, de Uruguay y Argentina.

Recuerdo la alegría de salir a la calle una tarde silenciosa de Sábado Santo que se llenó de pronto de banderas rojas y cláxones porque el Partido Comunista acababa de ser legalizado, y la emoción extrañamente neutra de votar por primera vez el 15 de junio de 1977.

Recuerdo la noche del miedo, el 23 de febrero de 1981, el atardecer de invierno en el que se esparcía la noticia, el autobús vacío que me llevaba desde mi barrio al centro de Granada, la decisión de bajarme de él unas paradas antes, como si quedarme hasta el final hubiera aumentado el peligro.

Llevaba poco más de un mes en mi trabajo de oficinista municipal. Como había salido del ejército hacía sólo dos meses estaba en la reserva y no era imposible que si triunfaba el golpe me volvieran a llamar. El ruido de sables formaba parte tan integral del ruido de fondo de aquellos años primeros y frágiles de la democracia como el estrépito seco de los disparos y el retumbar de las bombas de los terroristas. En el ayuntamiento un funcionario que hacía abierta ostentación de su ultraderechismo se apartaba un lado de la chaqueta para mostrar la sobaquera de cuero en la que llevaba una pistola. Pandillas de falangistas con botas negras, camisas azules y bates de béisbol quemaban kioscos y asaltaban los bares de homosexuales. Esa noche vi congregados a muchos de ellos, las camisas azules gallardamente remangadas a pesar del frío, bajo los balcones del local del partido falangista Fuerza Nueva.

Bajé del autobús en la plaza de San Isidro y eché a andar no sabía hacia dónde. En mi piso recién alquilado y casi vacío no tenía teléfono, ni televisión, ni radio. Me había enterado del asalto al Congreso gracias a un raro efecto acústico que me permitía escuchar, en el cuarto de baño, las conversaciones de la pareja que vivía en el piso inferior. Era un barrio nuevo y muy apartado en el que vivía muy poca gente. Las voces de aquellos vecinos eran casi los únicos sonidos que me llegaban del exterior. Como estaba acostumbrado a oírlos discutir tardé en darme cuenta de que esta vez la causa de los gritos de él no era una pelea doméstica. Gritaba y era difícil comprender lo que decía porque la voz me llegaba mezclada con la de un programa de radio o de televisión con el volumen muy alto: «¡La Guardia Civil ha entrado en el Congreso! ¡Es un golpe de Estado!»

77

Las cosas no suceden con la neutralidad abstracta de los relatos históricos: las cosas siempre le suceden a alguien, y cada hecho público se multiplica como en millares de reflejos o choques de partículas en la experiencia de las vidas privadas. El pintor Juan Genovés, que en esa época militaba en el Partido Comunista, me ha contado que su recuerdo del 23 de febrero son las avenidas desiertas de Madrid vistas desde un coche en marcha. El mío son esas voces en un cuarto de baño, en Granada, en un edificio nuevo lleno de ecos, y luego una caminata por calles desiertas hacia la parada del autobús, y el autobús iluminado y vacío en el anochecer, y la pequeña plaza en la que me bajé por un impulso del miedo, y una patrulla de policías nacionales subiendo en moto por la avenida de Madrid, al costado de la Facultad de Medicina, ocupando todo el ancho de la calle.

Me acuerdo de encontrar a una conocida de los tiempos de la clandestinidad, a la que no veía hacía mucho: era raro encontrarse al cabo de los años, precisamente esa noche, preguntarse trivialmente qué tal iba todo y mirar cada uno el miedo en la cara del otro, preguntar si se sabe algo, y no saber nada, o lo mismo, y despedirse rápido, con el mismo aire furtivo, cada uno siguiendo su camino, sin decir hacia dónde, dónde buscar refugio esa noche, en la ciudad tal vez a punto de ser ocupada por convoyes militares.

78

Pudimos perderlo todo esa noche: perder lo que con tanta dificultad habíamos ganado en los últimos años y lo que ya habíamos dejado de apreciar, la democracia imperfecta que no se parece a ningún paraíso y que sólo despierta una lealtad apasionada cuando se ha perdido. Pasé la noche al final en casa de unos familiares mayores que quizás por consideración hacia mí no mostraban una abierta simpatía hacia el golpe de Estado. Ninguna incertidumbre ha vuelto a parecerse a la de aquella noche. En la televisión reponían películas o programas vulgares para llenar el tiempo y pasaban las horas y no se sabía lo que estaba sucediendo, salvo que el gobierno y el congreso en pleno estaban secuestrados por guardias civiles, salvo que el general Milans del Bosch, que tenía una cara lúgubre de golpista congénito, había sacado los carros de combate a la calle en Valencia.

Yo miraba la televisión en blanco y negro, en el comedor de aquellas personas con las que no tenía confianza, un hombre y una mujer mayores que se abrigaban con las faldillas de la mesa y daban cabezadas al calor del brasero. Después han dicho que cuando apareció el Rey se mitigó la sensación de peligro, pero eso no es lo que yo recuerdo. En el blanco y negro ceniciento de la pantalla del televisor el Rey tenía una cara demacrada y asustada, una cara de extenuación y de insomnio. Leía envaradamente un discurso tan abstracto que no había manera de encontrar en él ninguna certeza. Si triunfaban los militares volveríamos a estar tan solos en nuestro cautiverio como en todos los años en los que las democracias no tuvieron escrúpulos en aceptar a un dictador fascista que había sido cómplice de Hitler y de Mussolini. En algún momento de la noche se supo todo lo que el secretario de estado americano tenía que declarar sobre un golpe militar contra un sistema democrático en Europa: que era un asunto interno de España.

No llegué a dormirme del todo ni apagué la radio en toda la noche, tendido en la oscuridad, en una cama estrecha que no era la mía, en una casa ajena. Me adormilaba y en el desvarío de los sueños superficiales se filtraban las voces de la radio. Al día siguiente me levanté temprano y fui caminando hacia la oficina. Las noticias seguían siendo confusas. No se sabía si los golpistas estaban rindiéndose o si estaban llegando a un acuerdo que prolongaría su amenaza, que no nos permitiría librarnos ya de la sombra del miedo.

Iba al trabajo no por una decisión de la voluntad sino por la rutina de todas las mañanas, sin preguntarme si el ayuntamiento estaría abierto o si alguien más iría a trabajar. El porvenir no se extendía más allá de los próximos minutos. Pensaba en aquel funcionario que iba por los pasillos jactándose de su pistola y vaticinando que muy pronto las cosas en España volverían a su cauce. En la primera hora del día, en la claridad helada de la mañana de invierno, los cafés y los kioscos de flores se abrían con el mismo rumor de siempre en la plaza de Bib-Rambla, y la gente apresuraba el paso camino de las tiendas y las oficinas del centro. Pero tal vez esa apariencia de normalidad encubría una fractura que estaba abriéndose de nuevo, el abismo antiguo del miedo que nunca había dejado de estar bajo nuestras pisadas aunque de tanto no querer verlo nos hubiéramos olvidado de él, el sino español del oscurantismo y la persecución, el maleficio que seguía impidiéndonos pertenecer a la comunidad de los países en los que no hay salvadores de la patria ni golpes de Estado y en los que la incertidumbre política queda limitada a los resultados de unas elecciones.

79

Para bien y para mal lo que parecía más sólido deja de existir. La amenaza mayor se disuelve y quien vivió acogotado por ella la olvida. También a veces sucede lo favorable con lo que casi nadie contaba. Los militares golpistas, o al menos sus cabezas más visibles, fueron juzgados mal que bien, cumplieron condenas, se les expulsó del ejército. En febrero de 1981 habíamos estado a punto de regresar a la dictadura, pero menos de dos años después el Partido Socialista ganaba unas elecciones por mayoría absoluta. En algún momento, por esa época, el ruido de sables cesó para siempre, y la misma metáfora desapareció del idioma tan misteriosamente como había llegado a él. La injerencia militar en la vida española que llevaba durando más de siglo y medio se desvaneció sin drama. Uno de los dos o tres problemas centrales de nuestra historia moderna quedó resuelto con una facilidad que no habría profetizado nadie: incluso sin que nadie tuviera mucha conciencia y menos aún esperanza de estar resolviéndolo para siempre.

No está el mañana ni el ayer escrito, dice el poema de Antonio Machado. Los que nacimos en un mundo y nos hicimos adultos en otro sabemos, porque lo hemos experimentado en nuestras propias vidas, que no hay destinos fijados de antemano. Nacimos en un país aislado y rural en el que más de veinte años después del final de la guerra aún duraba la posguerra y nos hicimos plenamente adultos en otro que ya pertenecía al primer mundo y que estaba a punto de integrarse en la Unión Europea. En mi adolescencia cuadrillas de jornaleros con camisas blancas y sombreros de paja segaban el trigo con hoces exactamente igual que en la Edad Media. Cuando yo era niño una mujer que tuviera un hijo sin estar casada era alguien todavía más marginal que un hombre al que se le notaran indicios de homosexualidad, y no existía más forma de matrimonio que el matrimonio católico. Apenas una generación más tarde el matrimonio entre personas del mismo sexo es un hecho común y nadie recuerda la diferencia entre lo que antes se llamaba hijos legítimos y los ilegítimos.

Cumplí dieciocho años en lo más sombrío de una dictadura que seguía torturando a sus presos y ejecutando a garrote vil a sus enemigos y que parecía que fuera a durar para siempre, y cuando cumplí veintisiete mi país tenía una constitución democrática y un presidente socialista que sólo seis años antes había militado en la clandestinidad. La democracia en la que fueron creciendo mis hijos y en la que nadie recordaba ya el miedo a un golpe militar era mucho más imperfecta que cualquiera de los paraísos utópicos o totalitarios con los que muchos de nosotros soñábamos en nuestra primera juventud: pero era el régimen comparativamente más libre y más justo que había conocido nunca nuestro país, más que la inmensa mayoría de los otros en el mundo, fuera de la franja muy limitada de los países del oeste de Europa.

Lo que para nosotros era inusitado para nuestros padres y nuestros abuelos había sido inimaginable: lo mismo que para nuestros hijos ha sido casi tediosamente normal y sólo ahora está en peligro. Las pocas cosas fundamentales que de verdad hacen mejor la vida: el derecho a la educación pública y a la sanidad pública; el imperio de la ley; la garantía de seguir disponiendo de una vida decente en la vejez. En la mayor parte del mundo sólo los ricos o los muy ricos tienen acceso a tales privilegios que para nosotros han llegado a ser derechos indiscutibles. No hace mucho más de treinta años que nosotros disfrutamos de ellos.

Los que conocimos el mundo anterior tenemos la obligación de contar cómo era: no para que se nos admire o se nos compadezca por las escaseces que sufrimos, sino para que los que han venido después y lo han dado todo por supuesto sepan que no existió siempre, que costó mucho crearlo, que perderlo puede ser infinitamente más fácil que ganarlo. Y que si nos importa de verdad tenemos que comprometernos para defenderlo y mantenerlo.

80

Lo que no existía y casi no se imaginaba puede hacerse real. Lo que hoy es más indiscutible y más sólido y nos importa más mañana puede haberse desmoronado o puede haber sucumbido a un desguace motivado por intereses económicos o designios políticos, o simplemente porque no hubo un número suficiente de personas capaces que tuvieran el coraje de defenderlo. Nunca olvido la terrible advertencia en el poema de Yeats: «*The best lack all conviction, while the worst / are full of passionate intensity.*»

Construir bien algo valioso, una mesa, un edificio, un sistema sanitario, una democracia, cuesta mucho esfuerzo, mucho tiempo, mucho talento, mucha paciencia; incluso puede resultar tedioso, y además ingrato para quienes hacen el esfuerzo y rara vez reciben una recompensa a la altura de lo que merecían. Destruir es rápido y no cuesta prácticamente nada, y además a veces tiene un inmediato impacto visual que la lentitud de la construcción suele hacer imposible. Una secuoya tarda milenios en crecer y puede ser talada con sierras eléctricas en unas pocas horas. A una persona que ha tardado cada uno de los días de su vida en adquirir una fisonomía, una identidad, un tesoro único de experiencia y memoria, se la puede aniquilar en las décimas de un segundo de una explosión o de un disparo.

Un bosque centenario no tiene ninguna defensa contra la gasolina de un pirómano, contra la inconsciencia de un imbécil que decide cocinar una paella al aire libre en un día de viento. La gran cultura burguesa y judía que se había ido creando en el corazón de Europa desde la Ilustración fue arrasada por los nazis y por sus aliados en el curso de unos pocos años. Cuando el capitán Cook llegó a Tahití en 1769 se encontró una forma de vida completa y cerrada sobre sí misma que probablemente había tardado en formarse miles de años, y que abarcaba mitologías complicadas, tecnologías asombrosas de navegación, músicas, rituales, conocimientos prácticos de zoología y botánica: en el curso de dos generaciones la población nativa estaba reducida a la décima parte por culpa del alcoholismo y de las enfermedades europeas y se habían borrado por completo todas las destrezas que debió de costar tanto tiempo adquirir, desde la fabricación de tejidos y utensilios domésticos a la de los fantásticos catamaranes que habían navegado por el Pacífico a más velocidad y más certeramente que los barcos europeos.

Creo que el edificio de la civilización está siempre

en peligro de derrumbarse y que hace falta una continua vigilancia para sostenerlo. Lo inaudito puede siempre suceder. Lo que parecía inimaginable porque era infernal se convierte en cotidiano. De un día para otro un país civilizado y desarrollado puede hundirse en la barbarie. Nadie creía a mediados de enero de 1933 que en un par de semanas Hitler pudiera ser nombrado canciller de Alemania ni que tan sólo unos meses más tarde los nazis fueran a ostentar un poder absoluto. He hablado en Nueva York con bastantes personas que vivían en Yugoslavia en 1989 y todas me han contado que nadie dudaba de la solidez del país y que la idea de una guerra civil era tan inverosímil que ni siquiera se pensaba en ella.

Porque las cosas han sucedido de una cierta manera nos convencemos de que tenían que suceder así. Lo que en la vida real es indeterminación y azar los relatos históricos lo convierten en desenlace necesario. Pero no está el mañana ni el ayer escrito, y la renuncia racional al cautiverio religioso de la predestinación es a la vez motivo de esperanza y de alerta. No estamos condenados a lo peor, ni el pasado nos ata a un porvenir inevitable: pero tampoco hay ninguna garantía de que durará lo bueno que hemos logrado, o de que no se volverá insufrible lo que por ahora toleramos sin mucha dificultad, o de que no añoraremos lo que por haber formado parte de la vida diaria nos resultaba indiferente, y hasta invisible. No hay facultad que no se atrofie sin la práctica.

En el momento en que por desgana o por cobardía o por comodidad o por negligencia la libertad de expresión deja de ejercerse ya se ha empezado a perder. Si se descuida o se debilita el imperio de la ley vendrán las mafias y las patrullas de vigilantes armados a invadir el territorio de la vida civil. Hay un núcleo en el que no se transige, en el que cada debilidad es una rendición. Si el estado democrático renuncia al sostenimiento de una legalidad igualadora los débiles se quedan a merced de los fuertes y los bárbaros o los brutos o los corruptos prevalecen sobre las personas honradas, las personas que por ser pacíficas carecen de recursos o de agresividad para defenderse por su cuenta. Cuando el debate degenera en griterío las voces templadas son las primeras en dejar de escucharse: primero, porque las tapa el volumen de los que hablan a gritos; después, porque desisten; en el último caso, porque las silencian mediante el anatema y la censura.

81

Todo lo que no se transmite a conciencia se pierde en el paso de una generación a otra. Lo que existió durante siglos desaparece en el curso de unos pocos años. Todo cambia muy rápido y muy poco tiempo después ya nadie recuerda cómo eran antes las cosas, y por lo tanto cree que han sido siempre así y que por sí solas se mantendrán invariables. Lo que ha sido parte de la conciencia común deja de existir y se convierte en referencias crípticas que nadie descifra, en palabras de un idioma perdido. La mayor parte del patrimonio complicado e inmenso de lo que se da por sabido desaparece en una gran catarata silenciosa que no deja recuerdos, como la memoria de alguien que acaba de morir.

Nosotros lo sabemos, y podemos contarlo: delante de nuestros ojos, los de las personas de origen campesino que nacimos en los años cincuenta, se disolvió el mundo entero de una cultura popular que al mismo tiempo nos abrigaba y nos asfixiaba, de la que quisimos huir como de un destino mantenido idéntico durante muchas generaciones, y que de pronto ya no existía: sin que hubiéramos notado nada, sin tiempo para lamentar la pérdida de lo valioso y celebrar la de lo deleznable.

Quizás en otros países el tránsito fue más gradual, y por lo tanto menos caótico, menos destructivo. En el nuestro fue como un naufragio invisible, un terremoto que se lo tragó todo y cuya trepidación no advirtió nadie: los juegos callejeros y los romances medievales que cantaban las niñas, los saberes de la arquitectura popular, los ritmos y los pormenores de las tareas del campo, las artesanías de los materiales humildes, el mimbre, el barro, el esparto, la destreza para abrir acequias y controlar el curso del agua de riego, para hacer jabón con el aceite muy usado y cocinar a base de sobras platos nutritivos y sabrosos, para aprovecharlo todo y no tirar nada, todo el caudal de una cultura de la pobreza que no era de tosca resignación sino de una fertilidad inventiva urgida y limitada por la escasez pero del todo soberana en sus mejores logros, en hallazgos de belleza austera, de instintiva armonía, de una fuerza expresiva que se manifestaba igual en la forma de una herramienta pulimentada por el uso que en la de una casa blanqueada o en las líneas de un huerto o en una canción popular, o en el talento para contar historias, para convertir en relatos la propia experiencia.

Todo perdido, como una civilización muy antigua

de la que sólo quedan algunos artefactos cuya utilidad precisa nadie conoce: esas herramientas, esas vasijas para medir el grano, esos cedazos que ve uno colgados y reconoce al instante en las paredes de algún restaurante de carretera ficticiamente rústico, en algún paisaje que fue campesino hasta hace no mucho y ahora es una confusión de rotondas de tráfico y chalets adosados que nadie llegó a comprar y que ya empiezan a deteriorarse, los cristales de las ventanas rotos, la maleza creciendo en patios mezquinos en los que no llegó a plantarse nada.

82

El principal trabajo de la memoria es olvidar, dice William James. Hay que limpiar la casa, que deshacerse de muebles inútiles, que ventilar las habitaciones y barrer el polvo. Con nuestra cultura agrícola que ahora corremos el peligro de envolver en nostalgia también se perdió por fortuna mucho de lo que sólo había durado por nuestro atraso y por nuestra tradición de ignorancia e injusticia: el dominio tiránico de los padres sobre los hijos y de los hombres sobre las mujeres, el recelo hacia la novedad y el rechazo de los forasteros y los desconocidos, el desgaste terrible de los trabajos duros y mal pagados del campo.

Es bueno el recuerdo que ayuda a aprender sobre el presente pero también es bueno olvidar si la memoria actúa sobre la vida como un peso muerto. Está bien olvidar ofensas viejas que ya no tienen remedio y rencores por agravios que cesaron hace mucho tiempo, o que sufrieron otros, o que no existieron nunca, y que sólo son dañinos por la vehemencia con la que se recuerdan o se imaginan. Hay que saber qué se olvida, y qué se recuerda. No se puede olvidar el valor y la precariedad de lo bueno que se ha conquistado porque entonces se olvidará también la necesidad de su defensa constante. Ni es lícito olvidar todo el esfuerzo de las dos generaciones que vinieron antes que la nuestra, las dos marcadas por la mala suerte, los padres y los hijos, los abuelos y los padres de nuestra generación, los que eran adultos cuando empezó la Guerra Civil y fueron arrastrados casi siempre a la fuerza por ella y los que eran niños y perdieron a sus padres en el frente o asesinados o encarcelados y llegaron a la juventud en los años de la posguerra y del hambre.

Está bien haber nacido en libertad y disfrutar de ella como un hábito indiscutible, como la salud o el aire. Pero la salud se pierde en cuanto se descuida o en cuanto sobreviene sin aviso una enfermedad y la respiración se vuelve un lujo para el asmático, y ni el aire ni el agua son dones incondicionales o ilimitados. No hay más que un paso del hábito a la inconsciencia, de la inconsciencia al desdén. En un plazo prodigiosamente breve los españoles pasamos de la dictadura a la democracia, de la pobreza a la abundancia, del aislamiento a los viajes internacionales. Personas que fueron criadas en la escasez y en la penitencia del trabajo han criado a sus hijos en el despilfarro. Quien pasó penurias para estudiar en la universidad, malviviendo en pensiones, alimentándose en comedores baratos, ahorrando al máximo para que la pobre asignación de una beca le durara todo el curso, cuando ha tenido hijos les ha dado una vida mejor de lo que él imaginó nunca y sin embargo muchas veces no se ha molestado en inculcarles el sentido de la responsabilidad ni el amor por el estudio.

De la necesidad de aprovecharlo todo se pasó en muchos casos a la costumbre caprichosa de desperdiciarlo todo. La misma generación que creció sin derechos quiso inventar un mundo en el que no parecían existir los deberes. De niños vivimos bajo un tirano decrépito y en un país gobernado por viejos: al hacerse mayores muchos de nosotros se han empeñado en prolongar una ficticia juventud y en halagar a los jóvenes en vez de ejercer con ellos la responsabilidad de ser adultos, la obligación de educar. Igual que se puso de moda ser al menos tan nacionalista como los nacionalistas también hubo que ser tan joven como los jóvenes o incluso más joven que ellos, y que imitar ridículamente las jergas juveniles para fingir que se estaba al día, que no se era un anticuado aguafiestas.

83

Nada importó demasiado mientras había dinero. Nada importaba de verdad. Podíamos estar gobernados por incompetentes o por ladrones o por ignorantes o por gente que reunía las tres cualidades a la vez: por mal que lo hicieran la economía prosperaba empujada por el doble espejismo del dinero barato y de la burbuja inmobiliaria; por mucho que robaran y por muchos parásitos a los que les permitieran chupar de la administración había tanto dinero que seguía sobrando para casi todo. Podíamos tener presidentes del gobierno y altos representantes internacionales que no supieran decir dos palabras en ninguna lengua extranjera, y que careciesen de la menor noción sobre las formalidades que han seguido existiendo en el mundo fuera de la burbuja de espontaneísmo española.

Como en la corte de los duques en el *Quijote*, los fastuosos simulacros usurpaban el lugar de la vida real y consumían ríos de dinero sobre cuyo origen nadie parecía preocuparse. Cada comunidad era un país de Jauja y cada ayuntamiento una ínsula Barataria en la que joviales analfabetos fingían gobernar casi siempre con bastante menos sentido de la justicia que el pobre Sancho Panza, que al fin y al cabo, a diferencia de tantos alcaldes y concejales españoles, salió de su aventura tan pobre como había entrado en ella.

No importaba destruir una playa virgen para levantar un hotel o una urbanización de lujo. No importaba la escasez inmemorial de agua para construir campos de golf. Nada importaba y nada parecía tener consecuencias. Quién iba a temer el castigo por una infracción urbanística si los responsables de vigilar el cumplimiento de las leyes eran los primeros que se las saltaban. Cada país de Jauja tenía su propio miniestado completo, su pomposo palacio presidencial y sus cortesanos, sus mapas oficiales en los que extendía su dominio fantástico sobre el espacio en blanco de los otros países vecinos, sus aeropuertos, sus universidades, sus ríos exclusivos, su sistema sanitario, su sistema educativo, su servicio diplomático, su lengua, su cultura, hasta su propia prehistoria.

El dinero caía de los árboles. Venía del estado central y cuando no bastaba venía de los préstamos que la banca extranjera proveía tan generosamente como en los tiempos de los Austrias. Fluía el dinero de los fondos europeos tan milagrosamente como unos siglos atrás el oro y la plata de las Indias. Por un segundo regalo de la Providencia a nosotros lo que nos correspondía era gastarlo, y gastarlo sobre todo en lujos bien visibles, exactamente igual que entonces, y en el mantenimiento de la Corte de los Milagros de todos los aprovechados y los saqueadores de la política.

Nada importaba. La capilaridad de la corrupción puede infectar de cinismo a una sociedad entera: en cada ámbito de lo privado y lo público, cada pequeña corruptela agregando su dosis de toxicidad a la atmósfera viciada que respira por igual todo el mundo, cada claudicación menor favoreciendo las de gran escala. Para obtener lo mismo una cátedra universitaria que un puesto de conserje no había que estar preparado sino tener mejores conexiones. No importaba ser ahorrativo o no en el gasto del dinero que se le asignara a uno. No importaba comprobar la exactitud de una información antes de publicarla en el periódico. Ni siquiera importaba asegurarse de haber escrito bien un nombre extranjero. No hacía falta estudiar para aprobar un curso. No había diferencia entre estudiar y no hacerlo, porque de cualquier modo pedagogos y políticos benévolos habían asegurado que cualquier alumno llegara al final de la educación obligatoria sin que importara si sabía algo.

La propia clase política y las celebridades de la televisión y los especuladores con éxito daban ejemplo: sin saber nada, incluso haciendo exhibición de desvergüenza y grosería, se puede uno hacer rico o famoso o escalar los puestos más altos del gobierno. Pero ni siquiera había que terminar la educación obligatoria: quién necesitaba un título de bachiller si se podía ganar más dinero que cualquier profesor trabajando como peón de albañil o como camarero; ni siquiera hace falta aprender idiomas para entenderse con los turistas cuando ellos vienen por sí solos y a millones.

Cuando yo era niño un bárbaro refrán resumía el lugar que había ocupado durante siglos el conocimiento en nuestro país: «Pasar más hambre que un maestro de escuela.» De mayor he visto con una tristeza sin consuelo cómo el saber sigue recibiendo el mismo desprecio. Hace falta muy poca consideración hacia la enseñanza, una malla muy extensa de irresponsabilidades, para que un país tenga el índice de abandono escolar más alto de Europa, para que muchas de las personas mejor preparadas necesiten marcharse fuera para ejercer su talento. Y lo que es más grave de todo: para que se agrande la brecha entre los que están bien educados y los ignorantes, que refuerza cada vez más la división entre los privilegiados y los pobres.

84

En estos últimos años me ha sorprendido que pudiera durar tanto el delirio. Me he sentido algunas veces como un peregrino en su patria, un forastero en su país. Amigos americanos que conocen España con ese amor entregado y lúcido que tal vez da sólo la extranjería me contaban una sensación semejante: profesores que llegaron como estudiantes a Madrid en los años sesenta, que han sido testigos mucho más agudos que nosotros de la escala inmensa de los cambios que iban encontrando a cada regreso, que vieron con alegría y asombro la gran explosión de la libertad después de la muerte de Franco y simpatizaron con las transformaciones progresistas de los años ochenta, el vuelco radical en las vidas y en las leyes, la irrupción de la abundancia.

Porque nos veían desde fuera pero también con cercanía, ellos han estado mejor situados que nosotros para calibrar lo que hemos ganado y lo que hemos perdido. Y en todos ellos, como en algunos extranjeros, que se vinieron a vivir a España en los sesenta y los setenta porque les atraía una belleza intocada y agreste que ya no encontraban en otros sitios de Europa, he notado un desapego triste, la conciencia de algunos cambios que empezaron a suceder quizás a final de siglo y que los alejaban del país en el que se habían sentido a gusto hasta entonces: han notado, le cuentan a uno, una crudeza nueva, una mala educación que les sorprende más porque contrasta con los modales dignos y el tono mesurado que todos ellos recuerdan infaliblemente como una de sus primeras impresiones de España.

Era un país, dicen, de gente pobre y bien educada, sumamente digna, con unas formas de cordialidad y cortesía que llamaban más la atención entre la gente humilde. Nos han visto volvernos ricos, gritones y groseros. Y han visto con qué indiferencia general se ha recibido la destrucción de los paisajes naturales y de los pueblos, con qué descuido se arrasaba o se abandonaba lo admirable para sustituirlo con lo lujoso y vulgar, se lobotomizaba una memoria visual y popular que era tal vez el mejor patrimonio que teníamos.

Y se han extrañado, sobre todo en esta última década, de la nueva saña que ha dominado el debate político, de la furia con la que algunas de las figuras públicas más relevantes, en la derecha y en la izquierda, parecían empeñadas en desacreditar y destruir todo el delicado edificio institucional levantado con tanto esfuerzo durante más de treinta años.

Tantas tradiciones como se han recuperado o inventado en este tiempo, y no hemos sabido construir la que más falta nos hacía, una tradición democrática. La mayor parte de nosotros no éramos demócratas cuando murió Franco. Éramos antifranquistas, pero no demócratas. No podíamos serlo. Habíamos nacido y nos habíamos criado en una dictadura. La inmensa mayoría de las personas que se habían comprometido con la causa de la República estaban en el exilio o habían muerto. La República había tenido una vida breve y conflictiva y la tiranía llevaba durando casi cuarenta años.

La democracia sobrevino: fue un impulso que una vez desatado nadie pudo controlar. El número de los demócratas que había en España inmediatamente después de la muerte de Franco era tal vez tan reducido como el de los antifranquistas que había inmediatamente antes. El número de antifranquistas ha ido aumentando según pasaban más años desde el final de la dictadura, pero su vehemencia creciente no llega a compensar el carácter retrospectivo de tanto heroísmo. Los herederos del Régimen más favorables a lo que se llamaba entonces la «apertura» probablemente imaginaban una democracia limitada, o mucho más gradual, que les permitiera al mismo tiempo conservar algunos de sus privilegios y ser aceptados en Europa. En cuanto a los antifranquistas —los socialistas escasos, los comunistas hegemónicos, los trotskistas o maoístas que dedicaban más energías a planificar tomas fantásticas del poder y a denunciar el revisionismo del PC que a conspirar en serio contra la dictadura— su idea de la democracia era del todo instrumental.

Aquí he de usar de nuevo la primera persona: la democracia que llamábamos burguesa o formal nos parecía como máximo un trámite, una vía más o menos rápida hacia el comunismo o el socialismo. Los que rondábamos en la zona de influencia del Partido Comunista suponíamos sin mucho detalle que una vez lograda la supremacía de la clase obrera y sus aliados a través de los mecanismos burgueses de representación y legalidad se establecería otro régimen, que muchos seguían llamando sin rubor la dictadura del proletariado, y en el cual a todo el mundo le parecía razonable que las libertades «burguesas» —expresión, reunión, etcétera— quedaran de algún modo subordinadas al triunfo de la causa revolucionaria.

Entre nosotros nadie daba crédito a los crímenes de Mao o de Pol Pot, a las noticias sobre el Gulag, y los disidentes de los países comunistas jamás despertaron nuestra solidaridad, ni un rastro mínimo de simpatía. Rechazar entonces abiertamente el comunismo era tan impresentable como lo es ahora disentir del nacionalismo. El trato público que la izquierda intelectual dio a Solzhenitsyn cuando vino a España recién expulsado de la Unión Soviética fue vergonzoso. Nuestro rechazo de la dictadura de Franco no nos daba ninguna sensibilidad hacia los sufrimientos de las víctimas de otras dictaduras, a no ser que fueran dictaduras fascistas. Incluso cuando Santiago Carrillo estaba comprometiendo valerosamente al Partido Comunista en la causa de la democracia seguía pasando sus vacaciones como invitado oficial en la Rumanía de Ceaucescu. La idea del juego limpio democrático nos era tan ajena como la de la tolerancia.

85

La democracia misma nos hizo demócratas, y no de un día para otro. Pero era tan frágil, tenía unas raíces tan débiles, había nacido en condiciones tan difíciles, que no podía calar de verdad, a no ser que se hubiera hecho lo que no se hizo, un inmenso esfuerzo pedagógico, una tentativa de convertir cuanto antes en tradición lo que todavía estaba recién inventado. Se pueden improvisar las constituciones y las leyes electorales, pero no los hábitos que tardan mucho tiempo en formarse, en calar en la vida y en la conciencia de las personas, en el pensamiento, en los actos diarios.

Una tradición democrática no se improvisa. Nadie respeta espontáneamente una opinión que contradice la suya, ni cumple espontáneamente con sus deberes hacia la comunidad sin la vigilancia de un guardia o la amenaza de un castigo. Pero todo puede aprenderse, y no hay tradición verdadera —no embuste legendario— que no haya tenido un principio inseguro y fechado, que no haya estado a punto de malograrse o de perderse, ni marcada por errores terribles, por retrocesos, por imperfecciones que ha costado mucho corregir. Cuesta aprender, pero cuesta no sólo tiempo, sino también decisión de hacerlo, empeño obstinado, pura perseverancia.

Algo hemos aprendido, si llevamos conviviendo en libertad y al amparo de la misma constitución desde hace ahora treinta y cuatro años, que es mucho más de lo que duró nunca ninguna tentativa de democracia en nuestro país. Por lo pronto hemos desmentido el fatalismo de casi todos los pronósticos que se hacían internacionalmente sobre nosotros en las vísperas de la muerte de Franco, los que hacían incluso algunos de nuestros presuntos pensadores más meritorios.

No nos enzarzamos en otra guerra civil. Nuestra historia no fue la más triste de todas las historias de la historia, como dicen los bellos versos embusteros de Jaime Gil de Biedma, porque no terminó precisamente mal, al menos si en vez de perdernos en las nieblas usuales de la metafísica del cainismo y de las dos Españas nos fijamos, por ejemplo, en los índices de bienestar y de longevidad, en el grado de respeto a los homosexuales o de participación de las mujeres en la vida profesional y política. La historia de nuestro país no es como la morcilla, según la comparación al parecer ingeniosa de Ángel González, ya que ni está hecha con sangre ni se repite.

Ninguna historia se repite. No estamos condenados al cainismo, ni a nada. En 1956, con centenares de militantes encarcelados y torturados, el Partido Comunista de España declaró su política de Reconciliación Nacional. Por esa época ya había muchos hijos de los vencedores luchando contra la dictadura. En 1962, en Múnich, exiliados de derecha y de izquierda y ex dirigentes del Régimen, vencedores y vencidos, monárquicos y republicanos, nacionalistas catalanes y vascos, se pusieron de acuerdo para reclamar para España una democracia en la que no estuviera excluido nadie y en la que se reconocieran los derechos nacionales del País Vasco y Cataluña. En 1974, un ex dirigente de la Tercera Internacional, Santiago Carrillo, y un ex franquista miembro del Opus Dei, Rafael Calvo Serer, fundaron a medias la Junta Democrática. En 1977, en el primer parlamento elegido en libertad desde 1936, se sentaron juntos Manuel Fraga Iribarne y Dolores Ibárruri. En los Pactos de la Moncloa todas las fuerzas políticas se pusieron de acuerdo para tomar unas cuantas medidas claras y tajantes que evitaron el hundimiento de la economía, y con ella el de la democracia todavía tan débil. En febrero de 1981, en el Congreso ocupado por los guardias civiles golpistas, los únicos tres hombres que tuvieron el gesto común de no esconderse de los disparos bajo los asientos sumaban en sus biografías tres facetas diversas del desgarro español: demasiado joven para participar en la guerra, Adolfo Suárez había sido un precoz burócrata falangista; pero Santiago Carrillo había sido consejero de gobernación en la Junta de Defensa de Madrid, encargada de la búsqueda de quintacolumnistas, y el teniente general Gutiérrez Mellado había pertenecido a la quinta columna.

86

No está el mañana ni el ayer escrito. El fatalismo de que nada podrá arreglarse es tan infundado como el optimismo de que las cosas buenas, porque parecen sólidas, vayan necesariamente a durar. Nada es para siempre. Nadie prevé nada. Ningún futurólogo sabe nada del futuro. Cuando se han cuantificado las predicciones de los expertos en cualquier campo, en la economía o en la política o en la sociología, se ha comprobado que sus aciertos nunca superan el cincuenta por ciento de la probabilidad estadística. El curso de la historia no se parece al orden infalible de la mecánica celeste de Newton sino a la indeterminación caótica de los estados atmosféricos. Lo que se incrementaba gradualmente y no era percibido o se daba por normal de pronto incurre en lo que llaman los físicos una transición de fase y se acelera desastrosamente o favorablemente.

No hay progresos ni declives lineales. El punto en el que ya no hay vuelta atrás llega de pronto sin aviso. La seguridad en un barrio se deteriora imperceptiblemente, con delitos esporádicos, y de pronto hay un día en el que las calles se han vuelto invivibles. La tensión política se agrava y cuando todo el mundo más o menos se había acostumbrado a una atmósfera de enfrentamiento verbal y violencia episódica un solo hecho lo trastorna todo y ha estallado un conflicto civil.

Hay que tener cuidado con aceptar distraídamente la normalidad porque puede que se descubra retrospectivamente que era una normalidad monstruosa. Pero hay que saber también que la inercia de lo irracional y lo dañino puede corregirse y que hasta los prejuicios más oscurantistas tienen remedio. No es algo que nos hayan contado o que hayamos leído en los libros: lo hemos experimentado en nuestras propias vidas, cada uno de nosotros. Ahora vemos un anuncio de hace treinta o cuarenta años y nos asombra haberlo visto tantas veces sin reparar nunca en su obsceno sexismo. Hasta bien entrada nuestra juventud los varones de mi generación aceptábamos con normalidad que fueran nuestras madres y nuestras hermanas las que hicieran las tareas domésticas. Leíamos nuestros manuales de izquierdas o nuestras revistas alternativas mientras a nuestro alrededor las mujeres de la familia quitaban la mesa en la que acabábamos de comer, y hasta puede que sin darnos cuenta dejáramos caer al suelo la ceniza de nuestro cigarrillo y no viéramos tampoco, absortos en la lectura, que nuestra madre la barría del suelo.

Contra lo que creen los partidarios de las esencias y las identidades, se está cambiando siempre, y por lo tanto se puede cambiar a mejor, y casi sin darse cuenta. Lo que es impensable se vuelve común; lo que es tan común que nadie se fija, un poco después se ha vuelto inaceptable. Cuando yo era niño las mujeres sólo fumaban en los mundos fantásticos de las películas. Que una mujer fumara en el mundo real en el que nosotros vivíamos habría sido tan escandaloso como que llevara pantalones. Al final de los años setenta, en los ochenta, en España casi todos, hombres y mujeres, fumábamos en todas partes y cuando no había cenicero o no estaba a mano tirábamos la ceniza y las colillas al suelo. Fumaban los conductores de los autobuses igual que los viajeros y fumaban los enfermeros que empujaban las camillas en los hospitales y los médicos en las consultas. Fumaban los profesores mientras disertaban en sus tarimas y fumábamos los alumnos en las bancas.

Al principio el cambio debió de ser tan paulatino que nadie lo notaba. Las primeras prohibiciones nos parecieron pintorescas o irritantes. Pero no fue sólo que se hiciera caso de ellas, sino que en algún momento dejó de ser aceptable socialmente fumar en cualquier sitio, y poco a poco se volvió ya inimaginable.

87

Nada es para siempre, nada ni nadie es de una sola pieza. Nuestra tradición no es sólo la de la España Negra, ni lo ha sido nunca. Tuvimos el integrismo de los almorávides y los almohades, que quemaron las bibliotecas de Al-Ándalus mucho antes de que las quemaran los conquistadores cristianos, pero también la indulgencia cultivada de los sultanes omeyas, que no ponían demasiada insistencia en la ortodoxia islámica, coleccionaban traducciones de Aristóteles y no eran indiferentes a los placeres del vino ni a los saberes científicos de los griegos y los persas. El califa Abd al-Rahman III era nieto de una reina de Navarra. El alcázar de Sevilla se lo construyeron al rey cristiano Pedro I arquitectos y artesanos musulmanes venidos de Granada. En la Castilla medieval de la Reconquista tuvimos esas almas libres que fueron el Arcipreste de Hita y Fernando de Rojas. El siglo XVI de la Inquisición y la Contrarreforma es también el de Luis Vives y los erasmistas, el de las traducciones del hebreo de Fray Luis de León y Casiodoro de Reina, que le dio a la Biblia toda la belleza sensual y terrible del castellano de la *Celestina.*

Tan parte de la historia de nuestro país son las matanzas de Pizarro y Cortés como el universalismo ético del padre Bartolomé de las Casas, que se atrevió a pensar, incluso antes que Montaigne, lo que casi nadie pensaba entonces en Europa, que los nativos de las Indias eran tan humanos como los europeos. La sonrisa irónica y la irreverencia de Cervantes son tan liberadoras como la alegría de Montaigne, que tuvo una vida mucho menos ingrata, y que había nacido de una madre judía española. La Inquisición prohibió las novelas en los nuevos reinos de América, pero el primer libro que se imprimió en todo el continente fue una gramática náhuatl. El tenebrismo y los mártires y los eremitas de carnes castigadas por la penitencia en los cuadros de Zurbarán o Ribera no borra la luminosidad serena de Velázquez. La caricatura de los conquistadores y de los frailes ignorantes convirtiendo a la fuerza a los indios es menos verdadera que el trato humanitario en las misiones de los jesuitas. En el siglo XVIII las expediciones científicas de Jorge Juan y de Alejandro Malaspina son mucho menos conocidas que las del capitán Cook, pero no menos admirables en su ambición de aventuras ilustradas. El naturalista José Celestino Mutis dedicó su vida a estudiar las especies animales y vegetales de Colombia y mantuvo correspondencia de igual a igual con Linneo y con Humboldt. Jovellanos y Goya fueron dos de las grandes inteligencias generosas de la Ilustración europea: los dos amigos, los dos frustrados, los dos condenados al destierro.

La Constitución de Cádiz de 1812 no fue menos influyente en los movimientos liberadores de la primera mitad del siglo XIX que la constitución americana. No sólo las palabras auto de fe o gran inquisidor o junta han pasado del español a otras lenguas: también la palabra liberal. En los primeros años de la II República española, Clara Campoamor logró que se reconociera el derecho a voto a la mujer antes que en la mayoría de los países europeos, y Victoria Kent ideó políticas penitenciarias de un humanitarismo ejemplar.

La pena de muerte fue abolida en España por la Constitución de 1978, antes que en Francia o que en el

Reino Unido. Cuando en 2006 se aprobó el matrimonio homosexual el único país en el que ya existía era Holanda. No me jacto de los méritos de mi país ni busco en el pasado razones de orgullo: tan sólo creo necesario decir que no todo ha sido sombrío o sanguinario o terrible en la historia de España, y que si no hubo nada de predestinación en nuestros infortunios del pasado tampoco es irremediable que se cumplan las peores posibilidades del porvenir.

88

Como ahora todo se ha vuelto incierto nos cuesta creer que el espejismo de la seguridad haya durado tanto. De vez en cuando, durante los años del delirio, yo pensaba que cuando llegara el forzoso despertar una de las primeras tareas sería distinguir entre lo imprescindible y lo superfluo, y decidir a cuánto de lo uno estaríamos dispuestos a renunciar para salvar lo otro, si es que se nos presentaba la opción. Es una cuestión acuciante: por una parte, hay intereses internacionales muy poderosos que están empeñados, con la ayuda de sus sicarios políticos en cada país, en desbaratar el modelo de bienestar social europeo, de modo que la salud, la educación, las pensiones, los servicios públicos fundamentales, se conviertan en fabulosas posibilidades de negocio; por otra parte, la prosperidad y el poder de la clase política española dependen demasiado de una administración hipertrofiada y despilfarradora como para empeñarse seriamente en reformarla.

Y también depende su protagonismo de que el clima político siga siendo bronco y sectario, de manera que no decaiga la intensidad de las adhesiones partidistas, que son una garantía bien comprobada de inmunidad e impunidad. Nada amenaza más el bienestar de la clase política que una ciudadanía que les dé la espalda o se niegue a seguir actuando de comparsa en sus proyectos delirantes o les pida cuentas de cada céntimo que gastan y cada decisión que toman en vez de seguir tragándose el engaño del enemigo exterior que tiene la culpa de todo.

En 2007, la clase política andaluza decidió que era prioritario tener un nuevo estatuto de autonomía, en el que se reconociera que Andalucía ya no era una región, cosa de poco mérito al parecer, sino algo llamado una «realidad nacional»; para mandar aún más necesitaban nuevas competencias exclusivas: entre otras cosas, sobre el río Guadalquivir y sobre el arte flamenco (como si en Madrid, en Barcelona, en la región de las minas de Murcia, el flamenco no existiera también: como si se pudiera poner límites administrativos a una música o a la corriente de un río).

Los viejos mecanismos de unanimidad se activaron; el primero de todos, el agravio comparativo: ¿por qué íbamos a ser menos los andaluces que los catalanes o los aragoneses, que ya tenían estatutos nuevos? El segundo, la deslegitimación de la crítica que se logra al confundir un territorio con una ideología: poner en duda la necesidad del nuevo estatuto era equivalente a estar en contra de Andalucía, a ser cómplice de su larga historia de opresión e injusticia; el tercero, el sectarismo político: si la derecha había tardado en sumarse al proyecto, ser de izquierda exigía apoyarlo.

La campaña publicitaria fue ingente, y por supuesto nadie se interesó mucho por saber cuánto costaba. Hubo semanas de campaña de todos los partidos, horas innumerables de propaganda en la televisión oficial, artículos en los periódicos, debates, llamadas de celebridades a votar en el referéndum, y a votar que sí. La única discordancia la aportaban los nacionalistas y los grupos de extrema izquierda que pedían el no porque el nuevo estatuto no reconocía a los andaluces el derecho a la autodeterminación, al parecer una demanda prioritaria de nuestro pueblo. El parlamento andaluz había aprobado el estatuto casi por unanimidad: en el referéndum se abstuvo más del 63 % del electorado. En las caras de los políticos que aparecían esa noche en la televisión ni el estupor ni la contrariedad lograban borrar el cinismo. Fuera como fuera se habían salido con la suya. Su lucrativa fantasía se había impuesto una vez más sobre la realidad. Uno de ellos dijo que los andaluces estaban tan contentos con su estatuto y con su gobierno que no habían considerado necesario molestarse en acudir a las urnas.

89

Hay lujos que ya no podemos permitirles. Durante demasiados años tendremos que seguir pagando las deudas que ellos contrajeron para costear esos delirios que siempre eran delirios de grandeza. Lo que se tiró en lo superfluo ahora nos falta en lo imprescindible, y no hay proporción entre la gravedad de las responsabilidades y el reparto de las cargas, entre la impunidad de unos y el sufrimiento de los que han de pagar las consecuencias.

Ahora despertamos a la fuerza, y descubrimos algo que se nos había olvidado. Somos pobres. Vamos a serlo más todavía y durante mucho tiempo. Éramos nuevos ricos y ahora resulta que somos nuevos pobres. No estamos en aquella *Champions League* que enaltecía tanto al presidente Rodríguez Zapatero ni en aquella mesa de los grandes poderes en la que el presidente Aznar se creyó que era un invitado y resultó sólo un comparsa. Somos pobres y estamos cargados de deudas. Comparativamente pobres, eso sí. Hay que advertirlo para no perder una vez más el sentido de las proporciones. Parientes pobres o de medio pelo en un club de gente muy rica; y ni siquiera los más pobres entre los parientes pobres del club. Mucho menos pobres que una vasta mayoría de la humanidad; mucho menos que nuestros abuelos o que nuestros padres.

Como hacían ellos, aunque en condiciones mucho mejores, tenemos que aprender a aprovechar al máximo bienes escasos, y a agudizar el ingenio para sacar recursos de donde parece que no hay. Es un aprendizaje saludable. Lo necesario de verdad nunca es ilimitado. No tiene perdón el despilfarro del agua cuando tantos millones de personas en el mundo no pueden disfrutar de ella; ni en un país tan árido en su mayor parte. No es lícito que un cargo político vaya a la oficina en un coche oficial de lujo cuando a un jubilado se le escatiman medicinas necesarias o a un profesor o a un policía o a un médico de la seguridad social se le reduce el sueldo en un veinte por ciento.

Durante mucho tiempo nadie se paró en la vida política a preguntar lo que se pregunta de manera continua en la vida privada, antes de comprar algo: ¿cuánto cuesta? Y como somos pobres y no hay dinero para todo, tenemos que saber que cada gasto que se decide es otro gasto que se deja de hacer, o un ahorro del que se prescinde. Si hay otros países el doble de ricos y con el doble de población que nosotros que tienen la mitad de ayuntamientos nos hará falta prestar atención y poner remedio a lo que parece un despropósito. Si existen las comunidades autónomas es muy probable que no hagan falta las diputaciones provinciales. Si se llegó a un acuerdo de urgencia para reformar la Constitución incluyendo en ella el límite en el déficit público no debería ser difícil acordar con la misma rapidez la supresión del Senado. Como la salud y la educación de las personas son más necesarias que el entretenimiento o que el adoctrinamiento político habría que cerrar las innumerables televisiones oficiales antes que reducir ni un céntimo los presupuestos de enseñanza o los de sanidad. Y no debería importar que alguien fuera de izquierdas o de derechas o españolista o separatista para escandalizarse por igual de que se gaste mucho menos dinero en investigación científica que en fiestas patronales o en subvenciones a partidos de fútbol, a corridas de toros, a procesiones religiosas.

90

No son muchos los derechos irrenunciables de verdad, los demasiado valiosos como para dejarlos a merced de la codicia de los intereses privados o de las banderías políticas: la educación, la salud, la seguridad jurídica que ampara el ejercicio de las libertades y de la iniciativa personal. En la mayor parte del mundo esos derechos no existen. Incluso en Europa son bastante recientes. En nuestro país nos hemos acostumbrado tanto a ellos como si los hubiéramos tenido desde siempre, pero son tan nuevos que las personas de mi generación nos acordamos bien de carecer de ellos. Hasta lo que parece más natural es un privilegio inaudito: salir tranquilamente a la calle de día o de noche, sin miedo a ser secuestrado, asaltado, asesinado; o el derecho a poner un negocio con arreglo a normas claras y seguras sin que lo incendie un competidor o lo incaute alguien del gobierno, o sin que la policía lo someta a extorsión; o a ponerse en huelga para defender una mejora laboral o protestar por un abuso; o a dar por supuesto que un policía puede ayudarlo a uno y no atracarlo o pedirle dinero; o que si a uno lo detienen y lo acusan de algo se le reconocerá la presunción de inocencia, y su detención estará sometida a controles legales y no se podrá prolongar más allá de un cierto punto. Es así de simple. Los europeos, los occidentales, estamos en general mal criados, y nos permitimos el lujo de despreciar el imperio de la ley. Basta hablar con un amigo colombiano o venezolano para intuir lo que significa no poder salir a la calle; caminar con él por Madrid o Nueva York y ver cómo se asombra de que no haya peligro, peligro crudo de morir.

Todo eso nos parece muy sólido. No porque lo sea, sino porque siempre o durante mucho tiempo lo hemos visto así, y nuestra imaginación es muy limitada. Imaginamos si acaso un deterioro gradual, o pasajero, pero no un derrumbe definitivo. Pero las cosas se deterioran poco a poco y de pronto en vez de continuar en ese estado que se ha vuelto tolerable se hunden del todo, sin transición, sin aviso, como se hunde una casa que parecía detenida en una lenta ruina, como se derrumba un caballo reventado de cansancio.

No se puede seguir reduciendo indefinidamente el presupuesto de la justicia o de la educación, la paga de los policías, la dotación de los servicios de incendios, el número de camas o de turnos de médicos o de quirófanos en un hospital. Pasado un cierto punto ocurre el desastre y el deterioro deja de ser reversible: muere un enfermo porque le retrasaron demasiado una operación, los policías están tan desmoralizados o tan necesitados que se venden a la mafia, el fuego estalla y devora un bosque sin que nadie lo detenga, la escuela se vuelve inhabitable y sólo quedan en ella los niños a los que sus padres no pueden costear un colegio privado.

Nada está a salvo. Nada valioso puede descuidarse ni durante un minuto. Los estudiosos del urbanismo se asombran ante lo fácilmente que se degradan las ciudades en cuanto hay un contratiempo económico o fallan los servicios públicos. Un barrio apacible en el que los vecinos se conocen de siempre y los niños van solos a la escuela y juegan en la calle puede convertirse en un campo de batalla entre bandas y en un foco desolado de tráfico de drogas. Una sociedad que parecía civilizada se disgrega en la barbarie de una guerra civil. Como es mucho más fácil destruir que construir, la masa crítica de la calamidad suele tardar menos en llegar que la de la concordia cívica. Para que una ciudad funcione aceptablemente hace falta el acuerdo implícito y continuo de miles o incluso millones de personas: para que se convierta en un infierno sólo son necesarios unos pocos canallas, ni siquiera valerosos ni inteligentes, tan sólo lo bastante lerdos como para dejarse intoxicar por una ideología mesiánica y lo bastante afortunados como para llevar a cabo un tosco plan de destrucción.

91

Necesitamos discutir abiertamente, rigurosamente y sin miedo, y sin mirar de soslayo a ver si cae bien a los nuestros lo que tenemos que decir. Necesitamos información veraz sobre las cosas para sostener sobre ella opiniones racionales y para saber qué errores hace falta corregir y en qué aciertos podemos apoyarnos para buscar salidas en esta emergencia. La clase política ha dedicado más de treinta años a exagerar diferencias y a ahondar heridas, y a inventarlas cuando no existían. Ahora necesitamos llegar a acuerdos que nos ahorren el desgaste de la confrontación inútil y nos permitan unir fuerzas en los empeños necesarios. Nada de lo que es vital ahora mismo lo puede resolver una sola fuerza política. En 1930 los partidos democráticos se unieron en el Pacto de San Sebastián y pudieron traer la II República. En 1931 concurrieron juntos a las elecciones republicanos y socialistas y el resultado fueron más de dos años de política reformista común. En las elecciones de 1933 los socialistas y los republicanos se presentaron por separado a las elecciones y lo que consiguieron con su división fue que ganaran las derechas. En los meses anteriores al comienzo de la Guerra Civil el Partido Socialista estaba roto en tres facciones irreconciliables, y esa división fue una de las mayores debilidades del régimen republicano. En el verano de 1936, cada una de las fuerzas que habían sostenido a la República y que se habían beneficiado de ella, creyeron que el golpe de Estado de los militares les ofrecía la oportunidad de lograr sus fines singulares: los anarquistas, el comunismo libertario; los socialistas de Largo Caballero, el triunfo de su líder; los nacionalistas catalanes, la independencia de Cataluña; los nacionalistas vascos, la independencia de Euskadi: sin tanta desunión a Franco le habría costado bastante más derrotar a la República, y los que habían sido tan irresponsablemente incapaces de llegar a ningún acuerdo se encontraron juntos en el exilio y en la cárcel.

92

Tan sólo unos años después de enfrentarse en la Segunda Guerra Mundial, los franceses y los alemanes fueron capaces de ponerse de acuerdo para crear el germen de la Unión Europea: no debería ser descabellado que los caciques de la clase política española y los sectores más politizados de la ciudadanía alcanzaran ciertos acuerdos fundamentales después de casi treinta y cinco años de democracia. Necesitamos en la misma medida cambios políticos y legales de gran escala y decisiones de estricta soberanía personal.

Quizás sería útil, para empezar, una rebaja general y limitada de las identidades, un tránsito de las firmezas rocosas a la ductilidad de los fluidos, de la pureza a la mezcla, del monolitismo al pluralismo. Una rebaja nada más, no una renuncia, ni mucho menos una apostasía: que todo el mundo acepte ser un poco menos de lo que ya es, quizás un veinte o un veinticinco por ciento. No es preciso imitar al Sancho Panza de los tres dedos de enjundia de cristiano viejo. Con dos dedos, con un dedo, quizás también sería suficiente. A un partidario vehemente de la españolidad no le perjudicará en nada ser un veinte por ciento menos español, y en cambio le permitirá entenderse con un vasco o un catalán que hayan diluido en proporción semejante sus identidades respectivas. Por rebajar su izquierdismo en un veinte por ciento un militante de izquierdas no se convierte en traidor de clase, pero estará quizás más capacitado para llegar a un acuerdo práctico con quien no piensa lo mismo que él. Incluso a cualquiera de los numerosos artistas o literatos geniales que abundan en nuestro país le sería saludable reducir un veinte o un veinticinco por ciento sus genialidades respectivas.

No se trata de renunciar a lo que uno es: es aceptar la parte en la que nos parecemos a otros, lo que tenemos en común que nos constituye tanto como lo que nos diferencia. Habrá que hacer ahora la pedagogía democrática aplazada de la aceptación verdadera del otro, la fraternidad objetiva de la ciudadanía por encima de la consanguineidad de la tribu. Aceptarnos no es claudicar de nuestros ideales, sino aceptar la realidad, y por lo tanto renunciar al delirio. El creyente tendrá que aceptar la existencia de los no creyentes y el republicano de los monárquicos. Los partidarios de la unidad de España tendrán que habituarse a la convivencia con los independentistas, y reconocer que si en algún momento obtienen una mayoría decisiva se les ofrecerá la posibilidad de marcharse. Y pase lo que pase, incluso después de ganada la independencia, no desaparecerán de la noche a la mañana del nuevo país los que todavía se sientan leales al país anterior, o los que no quieran elegir entre el uno y el otro. Es una vulgaridad decirlo, pero a veces da la impresión de que todavía no nos hemos enterado: estamos, literalmente, condenados a entendernos.

En la Guerra Civil, los dirigentes de cada bando actuaban como si los partidarios del otro no tuvieran derecho a existir o pudieran ser eliminados. Durante una posguerra que no parecía terminar nunca el general Franco y los suyos ejercieron su tiranía como si la mitad vencida del país pudiera ser amputada, sin concederle nunca ni una sombra de legitimidad. La retórica cuartelaria de la victoria se mantuvo invariable hasta más allá de la muerte del tirano. Pero como no podemos borrarnos mutuamente del mapa ni actuar como si los otros no existieran tendremos que aceptar de una vez y en serio la necesidad de la convivencia. Y para convivir tendremos que reconocer lo que son las primeras letras en nuestro abecedario nunca aprendido de la democracia, no sólo que el otro existe y tiene derecho pleno a su posición y no puede ser suprimido o borrado sino que además resulta que tenemos en común con él más cosas de las que nos gustaría aceptar.

Y también que todos somos cambiantes por naturaleza, a poco que nos dejemos influir por lo nuevo y lo desconocido, por las informaciones con las que antes no contábamos y las opiniones de otras personas que nos merecen respeto: dejarse influir y dejarse fluir uno mismo, no enquistarse en el caparazón de lo inamovible que no se sabe por qué suele ser tan prestigioso en España, donde se celebra como un mérito no cambiar nunca, permanecer fiel a convicciones invariables, y donde al que cambia fácilmente se le acusa de deslealtad o traición.

La pureza de sangre es tan impracticable ahora como en el siglo XVI, y la obsesión por ella contiene la semilla de una patología que no quiere ver al otro para no encontrar en él una parte detestada de uno mismo. Por voluntad o a la fuerza, por simple ley de vida, nos hemos ido enredando y mezclando tanto los unos con los otros que somos como esas familias numerosas y un poco deplorables que aun sin ganas se reúnen de tarde en tarde a lo largo del año para celebrar fiestas y reconocer rasgos que pueden ser irritantes pero que no sería posible cortar sin causar graves heridas.

El más rotundo españolista tendrá que aceptar que muchos de sus compatriotas hablan otros idiomas y poseen rasgos culturales distintos que no son ninguna amenaza sino una riqueza. Y el catalanista o el vasquista tendrá que aceptar también que el castellano no es una lengua forastera, ni enemiga, sino tan propia del territorio como la gente nativa que la habla, casi siempre compartiéndola con la más cercana y multiplicando las ventajas de dominar las dos.

Contra lo que es habitual entre nosotros, la negación tajante no tiene por qué ser la única manera de afirmar. Se puede ser algo y algo más también. Se puede ser dos o tres cosas al mismo tiempo, en diversos grados, en proporciones desiguales y cambiantes, con articulaciones flexibles. De hecho, es lo más común. Nadie en su vida privada es de una sola pieza, ni siquiera el integrista más obsesionado por librarse de toda contaminación, por ejercer continuamente su perfección identitaria, territorial o sexual o ideológica. Sólo en lo abstracto es posible la pureza: por eso todos los fanáticos tienen en común el mismo desprecio por lo confuso y lo mezclado y lo impredecible de la vida real y de las personas de carne y hueso. Por esa razón es más fácil ponerse de acuerdo en una tarea práctica que en una discusión de política o de filosofía. Nuestros actos hablan por nosotros de una forma mucho más verdadera que nuestras palabras. Las palabras son gratis, y su sonido no varía si se están usando para mentir o para decir la verdad. Las palabras le permiten a uno ser heroico sin correr ningún peligro, radical sin privarse de todas las comodidades de la influencia y el dinero, patriota sin haber hecho nada en beneficio de la comunidad, generoso y al mismo tiempo ladrón.

93

Hemos vivido descuidados de los actos y enfermos de palabras, más atentos a su sonido que a su correspondencia con la realidad, lo cual quizás es propio de un país dominado durante siglos por teólogos, predicadores, leguleyos y demagogos, por oradores que hechizaban con torrentes de palabrería, por histriones subidos en púlpitos de iglesia, en mesas de conferencias, en tablados de mítines. Las palabras han alimentado el delirio y al mismo tiempo bajo su cacofonía la realidad de lo que estaba sucediendo: el robo generalizado, la supremacía de la incompetencia, el ensanchamiento de la brecha entre los pobres y los ricos, entre los beneficiarios de una educación de calidad y los destinados a la ignorancia y al atraso.

94

La pedrería verbal que ha tenido tanto éxito estos últimos años es otro de los lujos falsos que ya no podemos permitirnos. Es urgente medir nuestras palabras para que lo que digamos no añada ni una brizna más a la confusión ni agrave innecesariamente el clima turbio de la discordia. Y es urgente medir también las palabras que nos digan, como se comprueba la calidad de un metal o la de un billete de banco, para saber si quien las dice está mintiendo o no o si sus palabras se corresponden con sus actos.

Necesitamos con urgencia comprender lo que está sucediendo tan velozmente a nuestro alrededor, y como no hay comprensión sin palabras necesitamos que sean lo más claras y precisas posible. Llamar al pan, pan y al vino, vino. No tener miedo de defraudar o de irritar a los que reclaman de nosotros la confirmación de sus prejuicios. Cancelar la indulgencia española hacia la vaguedad biensonante. Comprobar los hechos. Examinar los actos. Prestar más atención a las personas que actúan que a las que hablan; las que en cada ámbito de la vida han sostenido el país y han logrado que siguiera progresando mientras la clase política se entregaba al parasitismo y a la alucinación, y mientras una parte de la clase periodística e intelectual colaboraba en el simulacro del gran *Retablo de las maravillas* o se ensimismaba tanto en sus propias fantasmagorías que no veía lo real o no lo consideraba digno de rebajarse a observarlo: padres y madres que con ternura, constancia y firmeza han enseñado a sus hijos a ser considerados hacia los demás, les han leído cuentos de noche, les han ayudado a aprender a leer; profesores y maestros que no se han dejado desanimar por la falta de consideración hacia su oficio, y al cumplir con él ha mejorado para siempre las vidas de sus alumnos; empresarios que han creado prosperidad y puestos de trabajo; médicos que pudiendo ganar mucho más en clínicas privadas han elegido permanecer en la sanidad pública; jueces que han tenido el coraje de procesar a los corruptos y a los terroristas cumpliendo estrictamente la ley; todos aquellos que han amado lo que hacían y han ejercitado su profesión con sentido del deber y conciencia de que estaban contribuyendo en algo al bienestar común, a la solidez de la vida civil. No hay trabajo real que visto de cerca no sea admirable. Y cuando mejor hecho está menos necesidad tendrá su autor de actuar como propagandista de sí mismo: es el trabajo el que se muestra en su justa medida, sin necesidad de relumbrón ni de acrobacias publicitarias; es la obra la que se explica a sí misma.

95

Necesitamos que la actividad política esté sujeta de verdad a los controles simultáneos de la legalidad y de la crítica. La austeridad y la transparencia son tan necesarias como el rigor en la información y la libertad sin coacciones visibles o invisibles en los debates públicos. La vida de la inmensa mayoría será peor si acabamos perdiendo los logros fundamentales del estado de bienestar, pero para que haya alguna esperanza de conservarlos en un mundo cada vez más hostil a ellos hará falta un doble esfuerzo colectivo de vigilancia reivindicativa y de responsabilidad, de activismo público y honestidad privada, porque no hay nada que ya podamos dar por supuesto, y porque para salvar lo imprescindible puede que tengamos que renunciar a algo más que a lo superfluo. Europa es una isla de bienes públicos, libertades individuales y protección social en un planeta cada vez más dominado por los poderes financieros y por países que combinan el despotismo político y el capitalismo salvaje. En Estados Unidos el Partido Republicano se instala cada vez más en una extrema derecha volcada al integrismo religioso y al desmantelamiento de cualquier límite público contra el pillaje privado. Vivimos en este mundo, no en otro. Lo que tenemos es mucho más singular y más frágil de lo que creíamos. Para preservarlo no nos queda más remedio que extremar la agudeza, la voluntad de trabajo, que ser productivos y sobrios, que abrirnos a la iniciativa y al talento de quienes vengan de fuera, que dotarnos de un sistema educativo que favorezca el despliegue de las mejores capacidades en el mayor número de personas. No hay sitio ya para la autoindulgencia, la conformidad, el halago.

96

Tampoco para la certeza, para ninguna certeza. Nada es tan sólido que no pueda desvanecerse mañana mismo en el aire. Nada es tan inverosímil que no pueda suceder, y no tenemos la menor idea sobre lo que nos deparará el porvenir de unos pocos días, ni confiamos en que la tengan tampoco los presuntos expertos que lo vaticinaban todo y se equivocaban en todo y sin embargo seguían profetizando con la misma seguridad. Quiero dejar constancia de lo que es ahora mismo el presente, para cuando haya pasado algún tiempo y quiera saber de verdad cuánto entendía de las cosas mientras estaban sucediendo, para no proyectar hacia atrás un conocimiento que pertenecerá a quien yo sea mañana, no al que soy ahora mismo: el que escribe el domingo, 2 de septiembre, en Ámsterdam, en vísperas del primer lunes en el que ya habrá terminado la tregua de agosto.

97

Empecé a apuntar estas notas en mayo del año pasado, en Nueva York. Las noticias que publicaban los periódicos americanos sobre España y sobre Europa eran cada vez más alarmantes. La economía estaba desmoronándose y sin embargo no cesaba el antiguo hábito español de vivir fuera de la realidad, de inventar discordias políticas y fantasías para no mirarla de frente. Pero algo ocurría que era inusitado. En casi cada ciudad una plaza principal estaba llenándose de gente que reclamaba cambios radicales en la vida política, que no pertenecía a los partidos, que no secundaba las formas usuales de demagogia con las que cada clase política se había acostumbrado a adormecer o encanallar a su parte correspondiente de ciudadanía. La gente se instalaba en las plazas y no se marchaba de ellas. En el teléfono el rumor de la multitud sonaba como un mar. Hablaba por teléfono con uno de mis hijos que estaba en la plaza del Carmen de Granada. Hablaba con otro acampado en la Puerta del Sol de Madrid. Desde tan lejos el clamor de tanta gente lo sobrecogía a uno y le provocaba una forma particular de nostalgia. Había estado bien irse pero ahora hacía falta volver cuanto antes para ver con nuestros propios ojos lo que sucedía. Era como si el simulacro se hubiera roto; como si algo que se había mantenido sin cambios durante tanto tiempo ya no pudiera durar más. Y parecía que la gente, casi toda joven o muy joven, se negara por primera vez a seguir actuando de comparsa en el gran retablo clientelar de la política española. Decían cosas muy concretas y también cosas demasiado abstractas; formulaban proyectos razonables y también dislates revestidos de un lenguaje poético; pero esa mezcla ha estado en el principio de todas las grandes transformaciones.

Era curioso observar las reacciones del *establishment* político, de los charlistas profesionales. En seguida fue muy visible el desprecio de los que están acostumbrados a saberlo todo, los adiestrados en la escuela española del sarcasmo, mezclados con las reacciones clasistas de la derecha; era muy fácil reírse de las consignas más obviamente triviales, del asambleísmo, del voluntarismo, de los descubrimientos fervorosos de mediterráneos. Hablar despectivamente de hippies rancios, de colgados, de perroflautas. Pero igual de llamativo, y de ridículo, era el descaro con que la extrema izquierda oficial quería fingir que no formaba parte del tinglado político para sumarse a los acampados.

Empecé a escribir a rachas, a borbotones, queriendo comprender y explicarme a mí mismo lo que nos había sucedido, y quizás queriendo también compensar mi tendencia al desapego hacia mi propio país, mi falta de paciencia y de atención para observar la realidad: lo exterior a mí y no lo que había dentro de mí, el presente crudo y no el pasado. Me acostaba y apagaba la luz y no podía dormirme. Me levantaba y escribía. Muy rápido, para que no se me olvidara todo lo que me había agitado la conciencia durante el insomnio, a veces a lápiz, en un cuaderno que apoyaba en un brazo del sofá. Cuando empezaba a vencerme el sueño ya se veía en la ventana el principio incierto del amanecer. Calculaba la hora, el hábito del que vive lejos: en Madrid, en Granada, sería ya media mañana, la gente estaría de nuevo en las plazas, mis hijos entre ellos, mis hijos nacidos en la democracia y habituados a todo lo que para mí era imposible cuando tenía sus edades, y ahora de golpe sometidos a la incertidumbre, al estupor de descubrir que ninguna de las promesas con las que habían crecido parecía mantenerse en pie.

98

A no ser que uno sea un cínico o un desalmado, tener hijos lo cura de tentaciones apocalípticas, de esa furia compulsiva con la que algunos viejos despechados por el declive de la edad y la cercanía de la muerte desearían que el mundo no los sobreviviera. Lo que uno quiere es que los cambios que vengan no sean catastróficos y que sus hijos tengan vidas decentes, las que imaginan y desean la mayor parte de las personas, con la excepción de los psicópatas y los iluminados.

Dice Camus que la tranquilidad de saber que las tardes perfectas de septiembre seguirán sucediendo cuando nosotros no estemos lo reconcilia a uno con la muerte. Yo querría que mis hijos y las personas que ellos amen no vivan peor de lo que he vivido yo, no tengan menos oportunidades, no respiren un aire más envenenado, no tengan que trabajar como esclavos ni que competir sin compasión, ni que protegerse detrás de puertas blindadas y de altos muros de cemento, ni que vivir angustiados por el miedo a una enfermedad de la que no puedan curarse ni a tratamientos médicos que no puedan pagar.

Me gustaría que pudieran seguir moviéndose por Europa sin ser detenidos en las fronteras ni que sufrir la angustia de los pasaportes y los visados; que no tengan que jurar lealtad a ningún tirano ni que aclamar en medio de la multitud a ningún demagogo, ni que esconder sus pensamientos, ni que decir lo que no piensan.

99

En los periódicos americanos contaban que España, al borde de la quiebra, era un país ensombrecido por la crisis. Se publicaban fotos de urbanizaciones fantasma en las que no vivía nadie, o en las que unos pocos vecinos se encerraban bajo llave de noche por miedo a los merodeadores que asaltaban las casas vacías para robar el cobre de las instalaciones eléctricas. En una foto del *New York Times* se veía el salón desierto de un restaurante y la cara absorta de un camarero viejo que no tenía a quien servir.

Tenía miedo de regresar a España. En el avión de vuelta, cuando se acercaba el momento del aterrizaje, quise fijar en mi memoria las sensaciones de la llegada, los colores secos del paisaje. Demasiado tiempo había vivido absorto en mis imaginaciones, cómplice yo también de la larga irrealidad española. En Madrid me asombró y me dio cierta tranquilidad que nada pareciera haber cambiado. La gente llenaba las terrazas en las primeras noches tórridas del verano. Era verdad que en mi barrio habían cerrado algunos negocios, y que en algunos locales que habían pertenecido a agencias inmobiliarias ahora había fruterías, casi todas regentadas por chinos. Por todas partes había carteles o pegatinas anunciando negocios de compra de oro. En la calle Montera y la Puerta del Sol emigrantes jóvenes vestidos con chaquetas reflectantes repartían octavillas ofreciendo los mejores precios para la compra de oro.

100

Llevo algo más de dos semanas en Ámsterdam. Me queda por delante casi un mes. Una fundación medio privada y medio oficial que se dedica a traer a escritores extranjeros al país me ha dejado un buen apartamento en el centro de la ciudad a cambio de muy pocas obligaciones. Fue un alivio llegar al clima templado de aquí después del agosto de incendios y calores extremos en España. Casi desde el primer día adquirí una rutina placentera. Por las mañanas, largos paseos de exploración de la ciudad, a pie o en bicicleta. Por la tarde, hasta bien entrada la noche, trabajo. Al cabo de muchos años de dedicarnos al mismo oficio, mi mujer y yo sabemos concentrarnos cada uno en su propia escritura, aislados aunque sea en la misma habitación, en este caso un espacio amplio y diáfano que incluye un estudio y una cocina. De espaldas a mí, en el estudio, escribe ella. Yo he instalado mi portátil en la mesa de la cocina y escribo delante de un ventanal que da a las fachadas y a los tejados de la casa de enfrente, y más allá al cielo del oeste. Desde la plaza suben los sonidos de la ciudad: la trepidación y la campana del tranvía, los timbres de las bicicletas, las actuaciones ocasionales de músicos callejeros, el clamor continuo de la gente en los cafés abiertos de par en par a la calle, que se convierte en escándalo las noches de los fines de semana, sobre todo los viernes. Como no hay música amplificada el ruido no llega a ser insoportable.

Uno se ensimisma escribiendo y es como si escuchara de fondo el mar. Como las ventanas en Ámsterdam son grandes y no tienen cortinas, puedo ver mientras escribo fragmentos de vidas en las casas de enfrente: una habitación de aire confortable con una pared llena de libros; una sala vacía y con las paredes desnudas en la que trabajan durante el día albañiles y pintores. A veces me acerco a la ventana y me quedo mirando a la calle. El espectáculo no deja nunca de fluir: los paseantes, los ciclistas, los clientes de los cafés, los recogedores de la basura, los turistas perdidos que consultan un mapa. Uno de los primeros días, durante una caminata, encontré por azar la estatua de Baruch Spinoza, en el barrio judío donde vivieron durante siglos tantos descendientes de los expulsados de España.

La ciudad es al mismo tiempo sosegada y agitada. Inevitablemente la comparo con mis dos ciudades, con Nueva York y Madrid. Estar siempre yendo y volviendo refuerza el hábito de las comparaciones. Ámsterdam es una capital muy activa y Holanda uno de los países más ricos y más competitivos del mundo, pero aquí el trabajo no parece que exija la crispación universal de Nueva York. Tampoco hay nada que recuerde al puritanismo americano: la gente bebe y fuma con desenvoltura en la calle; a media tarde, en las escalinatas de entrada a las casas, hay personas que han salido a charlar y a beber un vaso de vino, y a veces dejan una botella en un cubo de hielo sobre los escalones. No se ven extremos de pobreza, como en Nueva York. No se ven personas extraviadas en la necesidad o en la locura, abandonadas a su suerte, náufragos sin remedio varados no en una isla remota sino en un banco de un parque o en un asiento del metro, tan malolientes que a su alrededor se crea un círculo de vacío. No se ven viejos encorvados por la artritis o por la deformidad ni gordos montañosos, sepultados en grasa, sorbiendo refrescos azucarados de tamaño gigante, rumiando comida basura. El bienestar general es tan visible como la energía del trabajo. Las bicicletas son un transporte eficiente y racional y un ejercicio saludable, que se disuelve en lo cotidiano de la vida, sin la antipatía disciplinaria del ejercicio físico en Estados Unidos. Una mujer atractiva va en bicicleta con los labios pintados y con tacones y un cigarrillo en la mano que no sujeta el manillar. En los cafés y en los restaurantes los camareros hablan excelente inglés y ni son serviles ni muestran una simpatía sobreactuada.

A diferencia de en Nueva York, el placer y el trabajo

no están rigurosamente separados. A diferencia de en España, el presente se ha impuesto sin necesidad de arrasar lo mejor del pasado. Casi en cada calle se yuxtaponen las secuencias visuales de varios siglos. Las cosas hechas para durar han mejorado con el tiempo. Las más recientes se incorporan al tejido de la ciudad sin historicismos ni mimetismos. Una casa del siglo XVII tiene un estudio diáfano de arquitectura en la planta baja. Por los mismos raíles tendidos sobre el empedrado o sobre el pavimento de ladrillo hace quizás más de un siglo circulan tranvías de belleza futurista. Arquitecturas de cuatro o cinco siglos se suceden y alternan a la orilla de un canal que sigue siendo un medio de transporte tan eficiente como cuando se diseñó hace cuatrocientos años. Casas estrechas y torcidas de comerciantes calvinistas, palacios neoclásicos, almacenes de arquitectura industrial del siglo XIX, edificios expresionistas de los años veinte, prismas de cristal y acero tan recientes que todavía tienen el brillo de lo nuevo.

La bicicleta me permite alejarme del centro y observar a veces el modo en que la ciudad se disuelve sin desastre en el campo, o en parques de almacenes y oficinas o en barriadas de viviendas sociales. Las ciudades, incluso las que empiezan mejor, las que tienen un centro histórico vital y bien preservado, suelen acabar mal, o muy mal, en descampados de rotondas y centros comerciales, en suburbios que son guetos de pobreza y deterioro.

En las afueras de Ámsterdam se ve el resultado de una tradición muy sostenida de buena vivienda social. La tierra nunca será un paraíso, pero las vidas de las personas pueden ser sustancialmente mejores si los lugares donde habitan están limpios y bien construidos, tienen zonas ajardinadas, parques, escuelas; si hay buenos servicios públicos accesibles a todos. La ciudad no es un parque temático para turistas ni un museo paralizado en el tiempo, y por lo tanto impracticable o muy incómodo para la vida real. Tiene la negligencia inevitable de lo muy transitado y lo muy vivido: también la armonía no planificada de lo que se sostiene y se renueva en virtud de un acuerdo implícito entre mucha gente muy diversa. Es un ejemplo en marcha de concordia civil. No se nota la mano pesada y aletargadora de esas ordenanzas que regulan con meticulosidad impertinente la pintura de las fachadas o las volutas decimonónicas de las farolas para imponer una autenticidad ficticia. Cada elemento responde a una iniciativa particular que sin embargo se conjuga más o menos flexiblemente con los motivos fundamentales del paisaje. Nada es monótono y nada chirría. Lo familiar y lo sorprendente se refuerzan entre sí.

Como hay muchos cruces y pocos semáforos, y como tantos medios de transporte y tantas personas ocupan al mismo tiempo la calle, casi no hay movimiento que no implique una sutil negociación, un persistir o ceder que se deciden en décimas de segundo, y que aturden al forastero, acostumbrado a ciudades de disciplina más rígida. El secreto es graduar los flujos sin llegar a interrumpirlos; frenar la bicicleta sólo lo justo para ceder el paso a otra y no detenerse; estar atento al mismo tiempo al tranvía que viene y a los otros ciclistas y a una moto que acelera por el mismo carril y a un peatón distraído y a un camión de recogida de basura que se ha detenido ocupando toda una esquina mientras los empleados tiran rápidamente al remolque las bolsas negras de desperdicios.

En Madrid es normal que un conductor se enfurezca y pise amenazadoramente el acelerador si una persona tarda en cruzar un paso de peatones, o si el conductor del coche que está delante del suyo no arranca lo bastante rápido cuando el semáforo acaba de ponerse en ámbar, ni siquiera en verde, y alguien no ha terminado de cruzar todavía, casi siempre una persona mayor. La presencia del otro parece muchas veces una ofensa insufrible. Molestarlo a conciencia depara una alegría insana: pisar más fuerte o subir la música para vengarse del vecino que protestó por el ruido; dejarle el portal lleno de inmundicias al vecino que pidió silencio de madrugada a unos bebedores; aparcar el coche en doble fila y acercarse a él con voluntaria lentitud para agravar la irritación del otro conductor que encontró el suyo bloqueado. Una objeción menor puede provocar una respuesta irascible, como el estallido de un resorte sometido a una presión excesiva. Unos adolescentes derriban a patadas a un hombre mayor que se atrevió a afearles un acto de vandalismo. Un padre o una madre se presenta en la escuela y agrede sin mediar palabra al profesor que puso una mala nota a su hijo o que le censuró educadamente una falta de comportamiento. Los familiares de un enfermo atendido gratuitamente amenazan o atacan al médico de la seguridad social que no satisfizo sus expectativas. Los simpatizantes de un partido o los paisanos de un pueblo se rasgan las vestiduras y se declaran colectivamente ultrajados y llaman al linchamiento porque algún incauto se ha atrevido a formular una crítica. Cualquier celebración o cualquier acto reivindicativo deja detrás de sí un rastro de montañas de basura. Admiradores emboscados de los terroristas hacen llamadas de amenaza o de escarnio a la viuda de un asesinado y acuden al cementerio a profanar una y otra vez su tumba. Pistoleros encarcelados tenían la costumbre de celebrar ostensiblemente con champán la noticia de un nuevo crimen cometido por los suyos.

101

Es asombroso que se hayan gastado tantas energías en hacer daño, en estorbar las vidas de los otros, en ensuciar el espacio que al fin y al cabo es común, en destruir por ceguera o rapiña inmediata lo que habría sido una fuente duradera de riqueza si se hubiera preservado y cuidado, en elegir los términos hirientes para dirigirse al adversario por el simple motivo gratuito de ofenderlo mucho más y halagar así a la parroquia de los *hooligans* y evitar cualquier posibilidad de acuerdo. Y sería desolador que esta crisis no sirviera ni para aprender de los errores, sino para repetirlos y agravarlos: para eludir una vez más responsabilidades y buscar chivos expiatorios, para elegir de nuevo el camino fácil de la especulación y el desarrollo destructivo y a corto plazo. Pero eso es lo que sigue haciendo la clase política, los patriotas españoles y los patriotas catalanes que compiten entre sí para atraerse a un turbio magnate de los casinos y la prostitución, los gobernantes andaluces que de nuevo están dispuestos a permitir que se construyan urbanizaciones en playas protegidas, los independentistas que en medio de la emergencia más grave que hemos tenido desde la

Guerra Civil siembran discordias que nos perjudicarán a todos, también a ellos, al rebajar más aún el crédito internacional de nuestro país.

Durante mucho tiempo pareció que no importaba nada y ahora importa todo, y todo lo que no hicimos y lo que dejamos de hacer y lo que hicimos mal ahora nos pasa su factura exorbitante. Pareció que no importaba ser mediocre o ser ignorante o venal para hacer carrera política, y ahora que necesitamos desesperadamente dirigentes políticos que estén a la altura de las circunstancias y que sean capaces de tomar decisiones y llegar a acuerdos nos encontramos gobernados por toscos segundones que no sirven más que para la menuda intriga partidista gracias a la cual ascendieron, todos ellos, mucho más arriba de lo que se correspondía con sus capacidades.

102

Hace falta una serena rebelión cívica que a la manera del movimiento americano por los derechos civiles utilice con inteligencia y astucia todos los recursos de las leyes y toda la fuerza de la movilización para rescatar los territorios de soberanía usurpados por la clase política. Hay que exigir de manera eficaz la limitación de mandatos, las listas electorales abiertas, la profesionalidad y la independencia de la administración, la revisión cuidadosa de toda la maraña de organismos y empresas oficiales para decidir qué puede aligerarse o suprimirse, a qué límites estrictos tienen que estar sujetos el número de puestos y las remuneraciones, qué normas se deben eliminar para que no interfieran dañinamente con las iniciativas empresariales capaces de crear verdadera riqueza, qué hay que hacer para alentar y atraer el talento en vez de ponerle obstáculos y someterlo a chantajes políticos. Hay que defender sin timidez ni mala conciencia el valor de lo público, que lleva tantos años sometido obstinadamente al descrédito, a la interesada hipocresía de los que lo identifican siempre con la burocracia y la ineficiencia y celebran por comparación el presunto dinamismo de la gestión privada, y a continuación aprovechan contratos públicos amañados para enriquecerse, y renegando del estado saquean sus bienes y se quedan a bajo precio y a beneficio de unos pocos lo que había pertenecido a todos, lo mismo una red de trenes que el suministro de agua de una ciudad, el patrimonio común convertido en despojos.

103

No hay frontera más hermética que la del día de mañana. El porvenir inmediato es un espacio en blanco: como esa página virtual en la que van avanzando tan lentamente las líneas de la escritura. Pasará algún tiempo y proyectaremos sin remedio una parte de lo que sepamos entonces sobre nuestra ignorancia inaceptable de ahora. En Holanda habrá unas elecciones dentro de diez días y uno de los candidatos, que ha formado parte del último gobierno y disfruta de cierta popularidad, y no se sabe cuántos votos puede obtener, propone que el país cierre sus fronteras y abandone la moneda única y la Unión Europea.

Nada es seguro nunca. En esta ciudad tan acogedora para mí políticos de extrema derecha piden la expulsión de los emigrantes y hay imanes extremistas que predican la guerra santa en esos mismos barrios de viviendas sociales por los que yo me he paseado tan plácidamente en bicicleta. Más de sesenta mil descendientes de los judíos españoles y portugueses que habían encontrado en ella refugio contra nuestra intolerancia fueron deportados durante la ocupación alemana y murieron en los campos de exterminio. En una de estas mismas calles tranquilas el cineasta Theo van Gogh fue asesinado en 2004 por un joven islamista que era holandés de nacimiento. El *New York Times* informa hoy de que muchas empresas americanas se preparan para la salida próxima de Grecia de la zona del euro y augura que esta semana que empieza será decisiva para la supervivencia económica o el hundimiento de la Unión. En España los bancos endeudados siguen tragando más miles de millones de dinero público y no se sabe cuándo ni en qué condiciones llegará por fin el rescate europeo de nuestra economía, y todo está a punto de quedar de nuevo envuelto en una confusión de propaganda política, porque hay elecciones en Galicia y luego en el País Vasco, y los noticiarios se reducirán de nuevo a clamores de mítines, a eslóganes electorales y a tempestades de banderas, justo lo que más falta nos estaba haciendo ahora. En una entrevista en *El País* George Soros vaticina un porvenir muy oscuro para el modelo europeo, a su juicio demasiado caro como para subsistir, y conjetura que en los países hasta ahora tan imperfectamente unidos surgirán movimientos populistas, aislacionistas y xenófobos como los de los años treinta. Que algo inaudito haya sucedido, decía

Primo Levi, es en sí mismo la prueba de que puede volver a suceder.

104

Los últimos tranvías cruzan la plaza, iluminados y vacíos, con su atenuado fragor metálico. Han cerrado todos los cafés. Bajo la claridad ahora más escasa de las farolas siguen pasando ciclistas silenciosos, volcados sobre los manillares, pedaleando con experta regularidad. Las bicicletas tienen un ruido de trastos sobre el adoquinado de la plaza y sobre el carril con pavimento de ladrillo. En las aceras hay montones de bolsas negras y azules de basura. Se recogen a primera hora de la mañana, los lunes y los jueves. El funcionamiento complicado de la ciudad se amortigua pero no se detiene nunca. La vida civil es una tarea incesante, un rumor sin tregua como el de un bosque tropical. En una ventana iluminada enfrente de la mía alguien escribe en un portátil, en una habitación con grandes sofás claros y estanterías de libros en las paredes.

Mezclado a la fatiga de muchas horas de trabajo, a la estimulación de una ciudad nueva para mí, el insomnio depara una sensación de lucidez que puede ser ficticia. No sabemos lo que sucederá mañana y la parte del porvenir que depende de nosotros puede ser muy escasa, incluso irrelevante: flujos caprichosos de capitales en una economía globalizada en la que nuestro país cuenta poco, la victoria no improbable en Estados Unidos, dentro de unos meses, de un iluminado que cree que Dios creó el mundo en seis días y que un ángel, hacia la mitad del siglo XIX, le dictó a un profeta un libro escrito en páginas de oro, el poderío abrumador de los bancos y de las industrias alemanas; incluso no se puede descartar que alguien en Irán o en Pakistán o en la India decida que la seguridad de su país requiere el lanzamiento de una bomba atómica.

Pero hay cosas inaplazables que tienen que hacerse, sea como sea, y que no habrá disculpa si no se hacen, porque en medio de tanta escasez no cuestan ningún dinero, y porque caben en el espacio de la vida de cada uno. No son tareas imposibles. Mucha gente lleva toda su vida cumpliéndolas en privado, en su casa y en su trabajo, en los lugares por los que pasan cada día. Exigen en muchos casos un cambio radical, pero es un cambio de hábitos, hábitos de pensamiento, de palabra y de acción.

Dice Antonio Machado: *Qué difícil es / cuando todo baja / no bajar también*. En un ambiente donde la corrupción es normal es más fácil ser corrupto, y donde no reina la exigencia ni se reconoce el esfuerzo costará mucho más que alguien dé lo mejor de sí, o incluso que descubra sus mejores capacidades.

Pero lo contrario también es cierto, y la excelencia puede ser emulada igual que la mediocridad, y la buena educación se contagia igual que la grosería. Por eso importa tanto lo que uno hace en el ámbito de su propia vida, en la zona de irradiación directa de su comportamiento, no en el mundo gaseoso y fácilmente embustero de la palabrería.

Que cada uno haga su trabajo, decía Camus, que tuvo siempre tan poca paciencia para las abstracciones, al contrario que casi todos sus colegas de la intelectualidad francesa. Que cada uno elija ser un ciudadano adulto en vez de un *hooligan* o un siervo del líder o un niño grande y caprichoso, o un adolescente enclaustrado en su narcisismo. El estudiante que estudie, y si no quiere estudiar que aprenda un buen oficio y disfrute poniendo toda su inteligencia en el trabajo de sus manos. El profesor que enseñe, el padre y la madre que sean padre y madre y no aspirantes a colegas o halagadores permanentes de sus niños. Ya no podemos permitirnos el lujo de hacerles creer que el mundo es una guardería, o un parque de atracciones: es muy probable que vayan a tener vidas más difíciles que las nuestras, y necesitarán mucha preparación y mucho temple moral para salir adelante.

Decía Philip Roth, cuando volvió de su primer viaje a la Checoslovaquia comunista, que la diferencia entre Estados Unidos y los países del Este de Europa era simple: en Estados Unidos había de todo y no importaba nada; en aquellos países no había de nada e importaba todo. Todo importa ahora entre nosotros. El que maneje dinero público que lo controle hasta el céntimo, y que esté dispuesto a responder de cada euro que gaste. El médico que recete la dosis más exacta posible de la medicina. El encargado de barrer la calle que la deje tan limpia como si estuviera barriendo su casa. Y el ciudadano que pase por ella que procure dejar el mínimo rastro de su paso, porque cuanto menos se ensucie menos habrá que limpiar, y cada poco que se ahorre cuenta en este tiempo nuevo en el que nada es gratuito y en el que no somos ricos. El crítico literario que lea el libro de verdad antes de juzgarlo. El escritor que repase cada una de sus palabras y las someta a la evaluación exigente de otros y acepte que lo que ha escrito puede ser mejorado. El periodista que se asegure de la veracidad de la información que va a publicar y que repase cada dato y cada nombre hasta estar razonablemente seguro de que no se ha equivocado, y que en lugar de copiar y reproducir las palabras que le dice un político examine con cuidado si se corresponden con sus actos, y además que preste más atención a las personas que hacen cosas sustanciales y valiosas que mejoran en mayor o menor medida el mundo y menos a los farsantes de la moda. El investigador que investigue. El historiador que se esfuerce en contar las cosas como fueron y en desbaratar los embustes y las leyendas que nunca dejan de difundir los intoxicados por las ideologías.

Cada uno, casi en cada momento, tiene la potestad de hacer algo bien o de hacerlo mal, de ser grosero o bien educado, de tirar al suelo una bolsa estrujada o una botella o una lata de refresco o depositarla en un cubo de basura, de dar un grito o bajar la voz, de encolerizarse por una crítica o detenerse a comprobar si es justa.

Durante demasiado tiempo, en los años del delirio, cualquier apelación a la virtud cívica o a los valores morales sonaba a antigualla reaccionaria y provocaba el escarnio. No había apelación moral que no quedara desacreditada como moralina; moral en el sentido laico, en la conciencia de que cada acto humano provoca consecuencias, desata cadenas de otros actos que pueden hacer daño o beneficiar a las personas concretas.

Como nada importaba, no importaba tampoco la desvergüenza o la rectitud. Como siempre había un enemigo exterior al que atribuir cualquier culpa, la apelación a la responsabilidad personal era una ofensa. Como siempre estaban disponibles brigadas municipales de limpieza, no importaba dejar una plaza pública convertida en un muladar. Como lo que importaba era el propio beneficio o el del bando de uno, el robo podía ser tan meritorio como la calumnia. Y como nadie se iba a molestar en comprobar la exactitud de una declaración daba lo mismo decir la verdad que mentir, asegurar que uno también veía a Sansón en el templo y a los animales saliendo del arca de Noé en *El retablo de las maravillas*.

Ha terminado el simulacro. Que la clase política española quiera seguir viviendo en él es una estafa que ya no podemos permitirles, que no podemos permitirnos. Tenemos un país a medias desarrollado y a medias devastado, sumido en el hábito de la discordia, cargado de deudas, con una administración hipertrofiada y politizada, sin el pulso cívico necesario para emprender grandes proyectos comunes. También tenemos infinitamente más personas capaces y más y mejores medios de los que teníamos hace veinte o treinta años. Hemos mirado con demasiada tolerancia o demasiado distraídamente la incompetencia y la corrupción. Pero también nos hemos dotado, aquí y allá, de logros extraordinarios, escuelas y hospitales muchas veces magníficos, empresas que en medio de la crisis siguen creando trabajo y riqueza, instituciones científicas y culturales que han salido adelante a pesar de todos los pesares y ahora de pronto están en peligro. Hay que fijarse en lo que se ha hecho bien y en quienes lo han hecho bien para tomar ejemplo. No tendremos disculpa si no hacemos todos lo poco y lo mucho que está en nuestras manos, en las de cada uno, para que no se pierda lo que tanto ha costado construir, para asegurar a nuestros hijos un porvenir habitable, si no los alentamos y los adiestramos para que lo defiendan. Ya no nos queda más remedio que empeñarnos en ver las cosas tal como son, a la sobria luz de lo real. Después de tantas alucinaciones, quizás sólo ahora hemos llegado o deberíamos haber llegado a la edad de la razón.